# 天現寺ウォーズ

目次

あなたは、知っているだろうか。

東京の勝ち組女である〝港区妻〟に、純然たる階級があることを。

頂点に君臨するのは、東京の良家に生まれ、名門私立に通い、家族ぐるみの強固な人脈を持ち、経済力のある男と結婚した女たち。

そう、生まれ育った東京で、恵まれたバックグラウンドを謳歌して幸せに暮らす、生粋の「東京女」である。

一方で、たったひとりで上京し、港区妻の仲間入りを果たした女たちもいる。東京の婚活市場を勝ちぬいた桜井あかりもそのひとりだ。

東京女を相手にあかりが挑むのは、「選ばれし女の戦い」の総決算。それこそが、慶應義塾幼稚舎受験。

今、あかりの前に、「見えない天井」が現れる。

# 天現寺ウォーズ

# 1

## たったひとりで上京し、港区妻の仲間入りを果たした女

「旬くんはどこの小学校を受けるの？　やっぱり天現寺？」

あかりは不意の問いかけに、コーヒーカップを持つ手を止めた。

幼稚園の迎えまでのあいだ、久しぶりにＣＡ（キャビンアテンダント）時代の親友３人で集まり、優雅なブランチを楽しんでいた。最近は白金のレストランで、サラダビュッフェを楽しむのがお決まりだ。

ＣＡ同期の中でも、早々に結婚し現在幼稚園年中の子どもがいるあかりと玲奈、百合。このメンバーで笑いあっていると、あかりの胸にはじんわりと喜びがわいてくる。ＣＡを辞めた今、もうフライトで体を酷使する必要はない。東京にいる限りは、田舎の幼馴染みのように一生狭いテリトリーに閉じ込められることもない。

地元・愛媛県で一番の県立高校から必死に勉強して入った慶應だが、その同級生のように髪を振り乱してキャリアにしがみつくのもごめんだった。

大学のサークルで出会った夫の修司は、大手総合商社のエネルギー部門で、一生懸命働いてくれている。半年前に社宅を出て、港区芝浦のタワーマンションの２ＬＤＫを購入した。ホテルライクなエントランスにコンシェルジュ、パーティルームやバーベキューサイトを備えていて、少し無理をしてでも買って良かったと心から思う毎日だ。

あかりは、確信していた。私は勝ったのだ。持って生まれた素材を、努力で最大限に活用し、どう転んでも幸せでいられる場所を手にした。その象徴が、同じような境遇の友人との、優雅で贅沢な白金ブランチだった。あかりが心からくつろぎ、恵まれた自分たちを包みかくさずさらけ出せる仲間。

そこにふと、耳慣れない単語が紛れ込んできた。

「小学校かあ。うちは学区のはじでかなり歩くんだよ」

——テ、テンゲンジ……？

あかりは、とりあえず話を継ごうとしてみる。すると百合が話にならないというように首を振った。

「違うよ、受験の話だよ。あかりは大学、慶應だよね？　だから旬くんも天現寺が第一希望なのかなって。今年急に港区に越してきたのもそのためじゃないの？　そろそろラストスパートだから、私が普通ってたお教室のほかに、大手にも通いはじめたんだ」

玲奈が妙に真剣な表情でうなずいた。

「ついにこの時がきたわね。ここで一生が決まる」

唖然としたあかりの横で、百合は大きな溜息をつきながら言った。

「玲奈はいいじゃん！　天現寺出身なら、ご挨拶に行くルートもあるでしょ？　私の母校の英和は、ドラマの影響もあって倍率あがっちゃって……今年は10倍だって。卒業生の子といえども落ちちゃった子、いっぱいいるんだよ」

そういえば玲奈も百合も東京の出身で、下からエスカレーター式で進学したと言っていた。玲奈はあかりと同じ慶應卒なので、幼稚舎出身のはずだ。……ということは、テンゲンジとは幼稚舎のことか。確かに広尾にほど近い天現寺の交差点のところに、幼稚舎がある。しかしあかりは、幼稚舎を天現寺と呼んだことはないし、それが学校を指す通称だとは知らなかった。そして百合が出た東洋英和というのは、女子大、ということくらいしか知らなかった。どうやら小学校もあるらしい。

「最後の1年は、絵画と体操と少人数お教室と大手お教室だね。こんなの、みんなやってるよねぇ」

玲奈が天を仰ぐしぐさをする。栗色のつやのあるロングヘアが後ろに流れ、テラスにふりそそぐ陽光を反射した。あかりは何か言いたかったけれど、手持ちの単語さえなかった。受験？　そんなことを2人が当然のように考えていることが驚きだった。そしてどうやらその世界のスタンダードを、すでに当然のごとく理解していることも。

「あかりはどこを狙ってるの？」

「うーん、うちは修司がお受験とか興味なくて。たぶん中学から受験するっていうんじゃないかな？」

「興味ないって……。いやいや、公立行ってどうするの？」

百合がきょとんとした顔で尋ねる。玲奈もうなずく。あかりは反論の余地がないことに気づく。

「え？　ほんとに受験しないの？　修司さんはともかく、お姑さんとかあかりのお母様はそれでいいっていうの？」

心底不思議そうなふたりの顔をみながら、あかりは呆然とした。

なぜそこに母親が出てくるのだろう？　どうやらお受験というのは一族の総意であるも

のらしい。なにか重大な間違いを指摘されたような気持ちになっていた。

「まあ、玲奈のとこは特別だよ。慶應一族じゃない。天現寺にあらずんば小学校にあらず。地でいってるよね。うちはそこまで強固なコネじゃないから、相当頑張らないと、みなしごハッチになっちゃうよ」

百合の言葉をそうか、このままいくと旬はみなしごハッチになるのか……と、あかりは呆然ときいていた。


「なるほど、それであかりちゃんは東京女の洗礼を受けたわけね」

翌日。同じ幼稚園のママ友の中で、もっとも信頼する凛子を、一緒に通っている広尾のピラティスの帰りにお茶に誘った。

旬が通う幼稚園は、港区の私立幼稚園のなかで特に親の出番が多く、ほぼ100%の母親が専業主婦である。そのため、昼間は比較的自由なのだ。

「うん……。正直、3月に港区に引っ越してきたけど、港区の幼稚園がこんなに激戦だってしらなくて。運よくうちの幼稚園に転勤で欠員ができて面接してもらえて助かったけど、小学校受験を意識してうちの幼稚園にきたわけじゃなかったんだ……。みんな準備してるのかな?」

「そこは意外に、毎日会ってると細かく聞かないよね。ちなみにうちの知樹は受験するよ」

凛子は、美人ぞろいな港区幼稚園の専業主婦たちの中でも、ひときわ美貌を誇り、しかし気さくなふるまいで人望がある。早稲田の法学部卒で、ロースクールにも通っていたという才女だ。不要なやっかみを避けるためなのか、まだ28歳であることや、妊娠して保留にした司法試験に、これから挑戦したいと思っていることは、あかりにしか話していないようだった。

「え！、そうなの？　そういえば知樹くん、知能教室みたいなとこ、通ってたね。凛子は早稲田だもんね、もしかして早稲田の小学校とか？」

「早実初等部は、うちからは遠すぎるよ！　まあ、受験するからにはトップを目指さないとね」

「やっぱり幼稚舎受けるの？　何がそんなにいいの？」

「そうねえ……選ばれた子ども同士が、家族にも等しい究極の幼馴染みとして育って、将来日本の特権階級で、お互い融通しあうのよ。この世の〝フリーパス〟を6歳にして手に入れるって感じかな」

この世のフリーパス……。そんなものがこの世にあるのなら、それをわが子に授けたいと思うのが親心だ。

「でも私が幼稚舎を素敵だなと思う理由は別にある。以前舎長のお話で、幼稚舎では、社会を肯定的に見られる子を育てるって言ってた。

自分の得意なことを伸ばし、本物の自信をつけると、友達のいいところも認められる子になれる。人への信頼と、社会に対する愛を育む学校だって」

あかりは、じっと凛子の顔を見た。深い自己肯定からくる、他人や世間に対する人懐こさ。それはいつも自分と他人を比較してきたあかりが、本当は長い間欲しかったものに思えた。

「……挑戦してみる？　小学校受験の私立最難関、慶應義塾幼稚舎」

凛子の真っ直ぐな瞳に、あかりは返す言葉もなく、ただただ圧倒されていた。

お茶会の帰り道、凛子の誘いの言葉が頭の中で何度もこだまする。

——お受験、かぁ……。

正直言って、港区に来てから、幼児教室の看板やチラシを目にする機会が格段に増えていた。それでもそれを手に取らなかったのは、心のどこかで、自分には関係のないものにしておきたかったからかもしれない。そこには、婚活をも超える、熾烈な女の戦いの気配があったから。

あかりは、広尾からの帰り道、いつもはむしろ目に入らないようにしていた「慶應義塾幼稚舎」の前で、立ち止まった。

## 2

### そこにあるのは婚活を超える熾烈な戦い

「それでね、昨日CA時代の同期と〝受験〟の話になって。今まできいたことなかったけど、彼女たちは幼稚舎と東洋英和出身だから、実はすごく熱心に準備してたみたいで、正直びっくりしたの」

あかりは、話のついでというふうに〝受験〟という単語を口にした。

今日はクリスマスバザーに出す手芸品を作るため、同じ幼稚園の母親たちと集まっている。このような集まりは週に1度はあり、その帰りにはランチへ行くのが常だったが、これまで受験の話はほとんど出なかった。いつも一緒にいる幼稚園の友達が、水面下で準備をしているのか、どの程度熱心なのか。あかりは確かめたかったのだ。

「幼稚舎出身！　英和出身！　羨ましいなあ。あかりちゃんのお友達すごいねえ、CA時代のお友達？」

「あ、うん、でも2人は東京生まれの東京育ちだから……」

——私とは、違う。

そう言いかけて、あかりは小さく唇をかんだ。違わない、そんなに違わないはずだ。

「幼稚舎狙いだったら、もうすでにご挨拶に行ってるだろうし、あかりちゃんに話すくらいだから勝算あるんじゃない？」

今はバーキンを持ち、地味色のセルジオロッシを履きこなしているけれど、メイクの仕方や小物の趣味に派手さが残るルリがオーナメントを縫いながら言う。裁縫が苦手でも、この幼稚園にいると毎月何かしら作らされるため、一通りのことができるようになってしまうのだ。

「やっぱり幼稚舎受験に、〝ご挨拶〟って必要なのかな？」

あかりの言葉に、そこにいた5人が全員手を止めて、あかりの顔を見た。そして5人は、口々に驚くべきことを話しはじめたのだ。

「幼稚舎の卒業生は、子どもが生まれたら、幼稚舎の同窓会や卒業生しか入れないイベントに連れて行って面どおしできるってネットで読んだ！」

「卒業生はいいわよねぇ。しかも企業オーナーだったら、そのイベントで自社製品を配って印象付けるっていう噂もきいたことあるわ」

面どおし？　自社製品を配る？　話には全くついていけないが、あかりは必死に耳をそばだてた。

「女の子だと募集自体が少ないから、何月生まれはあの政治家のお孫さんが当確で、コネがあってもあと2枠、とか、事前に噂がまわるって本当？」

「コネがあっても厳しいもんね。でも仮に入れたとしても、パターンオーダーの制服、海外研修、慶應仕様の学用品、超名門ホテルの給食、寄付のほかに塾債も。いったいどのくらいお金がかかるのかしら……？」

最後に、ルリがぼそっと言った。

「幼稚舎受験って、義実家・実家・自分たち夫婦あわせて、これまでの社会的地位と財産の総決算なのよね」

あかりは改めて、まじまじと5人の顔を見た。話の内容に驚いただけではない。全員が当然のように幼稚舎に関する知識があることに驚いたのだ。

「それって、お受験の世界では常識なのかな……？」

思わずつぶやくあかりに、ルリが笑う。

「お受験ていうか……東京で生まれて下から私立なら、ひとりくらいは幼稚舎に友達いるしね」

——東京で生まれていれば。

その言葉はあかりの胸に刺さった。

これまでの人生、東京で華やかな生活を楽しみ、安定した暮らしを手に入れた。地方出身であるということは、大した問題ではないと思っていた。でも、もしかして……。それは「これまでの話」で、「これから」は違うのではないだろうか。帰りがけ、5人の中で唯一、地方出身である知美があかりの肩をたたいた。

「東京の人の情報ネットワーク、羨ましいよね。私たちみたいな地方出身のママは、旦那の実家頼みか、お教室で必死に情報を集めるしかないから苦労するよね」

数日後、あかりは凛子が教えてくれた住所をナビで確認しながら、旬と共に南麻布の住宅街を歩いていた。幼稚園の友人との集まりを終えて家に帰ると、あかりの胸にわいてきたのは思いがけず〝悔しい〟という気持ちだった。

これまで、あかりは大抵「羨ましがられる」立場だった。頭もよく、見た目もスタイルも悪くない。結婚生活も順調そのもの。すべては運だけじゃなく、努力して勝ち取ってきたという自負もある。それなのにお受験というものに関して、あかりはすっかり周囲の後塵を拝している。東京出身でないことを、揶揄されているような気さえするのだ。

悔しいならば見ないふりをするのではなく、実態を知りたいという気持ちが湧いてきて、頼みの凛子に相談した。するとLINEですぐに住所と電話番号が送られてきたのだ。

「紹介制のお教室。私も自分の小学校受験のとき、お世話になったの。電話しておくから、お話きいてきたら」

教えられた住所をもとに目指した先は、外観からはまるで教室とは思えない、豪奢な一軒家であった。

「初めまして、桜井あかりと申します。こちら息子の旬と申します」

応接室に通され、あかりは久しぶりに緊張しながら自己紹介をした。

先生は、スラリとした体型で50歳前後か、宝塚出身の女優に似ている。エレガントな濃紺のワンピースは、間違いなく上等で、笑顔だが言葉少なで、緊張が高まる。

「ごきげんよう、北条ミキと申します。凛子ちゃんからお話を伺っています。ご両親の履歴書をお預かりします。お電話でお話ししました通り、1時間、旬くんをお預かりしても?」

「はい、よろしくお願いいたします」

情報収集が目的だったあかりは、内心困惑していた。イメージしていたのはドラマで見たような大手のお教室で、このような教室は想像だにしていなかった。でも、ほかならぬ凛子の紹介だ。きっと普通なら、ここに来るチャンスもないのだろう。失礼のないようにしなくては。

落ち着かないまま、紅茶を飲むこと1時間半、ようやく旬が先生に連れられて戻ってきた。心なしか頬は赤く、うっすらと汗もかいて、ズボンからシャツがはみ出している。てっきり問題集でもやってくるものと思っていたが、運動もしたのだろうか。旬は運動神経こそ抜群に良かったが、これまで勉強らしい勉強はしたことがない。細いわりには体が丈夫で、いつも半袖を着て公園を走り回っている。父親に似てとても目が大きく、良くも悪くも目立つと思うのは親の欲目だろうか。しかし、北条ミキから醸し出される圧倒的なオーラを目の当たりにした今や、とてもこの人の面接をパスしたとは思えない。

それでも飛び切りの笑顔で走り寄ってきた息子を、「お帰り！　頑張ったね」と抱きしめた。「楽しかったよ〜！」と旬が嬉しそうにほおずりする。

「桜井さん。旬くんを、お預かりしましょう。幼稚舎と、立教に絞れますか？」

あかりは、あっけにとられて先生の顔を見た。

「ただし、あなたには、相当頑張っていただかないとなりません」

# 3

## 慶應幼稚舎の校章は、6歳で得る〝特権階級〟の証

天現寺の歩道橋を渡ると、幼稚舎の子どもたちとたくさんすれ違う。6歳にして〝特権階級〟に所属する証である、ランドセルに刻まれた慶應の校章。最高に恵まれたこの子たちは、どのように選ばれたのだろう？　そしてその可能性がもし、自分の子どもに1％でもあるとわかったら……？

帰り道、ふわふわした足取りで歩きながら、あかりは北条ミキの言葉を思い出していた。

「正直言って、旬くんが幼稚舎受験の土俵に乗るのは難しいです」

両親ともに幼稚舎出身ではなく、コネもない。やはりそうか……と肩を落としていると、北条ミキはこう続けた。

「……しかしそれは、あくまで身上書からの判断です」

次に発せられる一言が、気になってしかたない。あかりは北条ミキをまっすぐ見つめた。

「旬君は、化けるかもしれません。この世界に25年いる私から見て、彼は必要な要素を持っています。目千両、俊敏、器用。そして……何よりオーラがある」

旬は他の子より目立つほうだとは思っていたが、しょせんは親の欲目だと思っていた。あかりの胸は一気に高鳴る。

そして、北条ミキはこう言い切った。

「幼稚舎の選球眼は凄まじいんです。世間ではお金とコネありきだと思われがちですが、あの学校は本当に力のある子は決して見逃さない」

かすかに感じていた〝可能性〟という希望の光が、北条ミキの一言ひとことによって、徐々に輪郭を帯びていく。

「もう時間がありません。いちかばちかの覚悟があるならば、旬くんに懸けてみませんか？ご家族でも、よく話し合ってみてください」

北条ミキの言葉に、あかりは深くうなずいた。大学受験で慶應を受けたときも、航空会社を受けたときも、こんな気持ちだった。

——途中で挫折するかもしれない。でもやらなかったら、きっと後悔する。

何も知らないからこそできる無謀な挑戦というものがあることを、あかりはこれまでの経験からよくわかっていたのだ。今日帰ったらさっそく修司に相談してみようと、心に決めていた。

「修司、ちょっと旬のことで話があるの」

あかりは、ベランダのデッキチェアでビールを飲みながらくつろぐ夫に、意を決して話しかけた。マンションの上層階は1億円を超えて買えなかったが、あかりたちの住む中層階でも、ベランダから美しいレインボーブリッジの夜景が見える。新潟の地主だった修司の亡父が頭金を援助してくれたから、買えたようなものだ。

「ああ、昨日言ってた、新しい習い事の話？　凜子さんに紹介してもらったんだよね、どうだった？」

大学時代の先輩である修司は、あかりの話をよく聞いてくれる。エリートぞろいで体育会系の商社の中で、毎日必死で頑張っていることを知っているから、無駄に悩ませるようなことはしたくはない。今日北条ミキから言われたことを、なるべく簡潔に、客観的に伝えた。

「お受験なんて、と思って今まで真面目に調べたこともなかったけど、旬に可能性あるって言われると、正直やってみたい気持ちが出てきて。調べたら幼稚舎の授業料は初年度150万円くらいで、あとは寄付と塾債。一人っ子だから、なんとかなるんじゃないかって思うの」

受験本やウェブサイトで調べたことをメモして、修司に渡す。もちろん授業料が払えるなんてことは、幼稚舎に通う家庭なら当然で、それだけでは足りない。そもそも受験準備に数百万円は、常識らしい。CA時代に貯めておいた300万円は、必要とあらばお教室代にあてる覚悟を決めていた。

「うーん……。でもさ、俺たちのサークルにもいた幼稚舎上がりのみんなは、桁が違っただろ？　ＢＭＷで通学してたし、ブラックカードとか持ってたし。うちなんてお呼びじゃないよ」

　日頃はなんでもうなずいてくれる修司も、さすがに唐突な提案に難色を示す。大学時代、内部生の派手な生活は散々目にしていた。

「もちろんそういう子もたくさんいるけど、最近はサラリーマンの子もいるって北条先生が言ってた。世間で言われてるほど、全員が全員御曹司じゃないって。……それにね、旬には〝可能性〟があるって。もしも入れたら、旬の人生に私たちの知らないギフトがある気がするの。先入観を捨てて考えてみようよ」

　かつてのあかりがそうだったように、お受験なんてものは東京の一部の人が頑張っているものだと修司は思っているようだ。

　あかりは、自分たちももはやその東京の一部の人になりつつあり、目の前には無限の可能性があることに気づいてほしかった。挑戦する権利だって、きっとあるはずだ。

「ギフト、ねえ……。たしかに俺たちは田舎から苦労して大学受験したけど、旬はせっかく都心に住んでるしなあ。そういえば会社の先輩に、子どもを幼稚舎にいれた人がいて、いい学校だってきいたことはあるけど」

　あかりが唐突に受験を提案してきたことに戸惑い、当初のあかり同様、お受験知識がないために賛成とも反対ともすぐには言いかねているようだった。

「あかりがそこまで言うなら、まずは始めてみたら。塾みたいな感じなんだろ。勉強の習慣もつくだろうし。ＣＡ同期の玲奈ちゃん、幼稚舎だったよね？　ちょっときいてみたらどう？　実情をさ」

ありがとう！　と、修司の首に抱きつく。でもほんとは、そんな気軽なもんじゃなさそうなんだけど……とあかりは胸のうちでつぶやいた。

――修司。まっててね、私とにかくやってみる。だめでもともとだから。せっかく港区に住んでいるんだから。

「旬くんも幼稚舎を受験するの？　でも本当に準備してないんでしょう？　もうすぐ年長になる、今からやるの？」

さっそく定例のブランチで玲奈と百合に受験の話をすると、ふたりは驚いた顔であかりを見た。

「うん……もちろん合格できるなんて思ってないけど、失うものはないと思うと、挑戦しないのはもったいないかなって」

「まあ確かに、旬くん、活発だし、かっこいいから目立つもんね。でも今からとなると、あかり、死ぬほど大変だよ」

「やっぱりそうかな……？　一応お教室は通い始めるんだけど」

声が小さくなるあかりに、百合はため息交じりだ。

「お教室なんて、みんなすでに3年くらい通ってるよ。幼稚舎に特化した個人の先生のところはもう大抵満員だし。幼稚舎の制作物、見たことある？　オブジェみたいな立体工作、皆すごいスピードで作れるよ。あと……だれにご挨拶にいくの？」

百合の言葉に、しょんぼりと下を向いた。昨日までの意気込みも、ずっと頑張ってきた2人の努力からすれば、何にもならないことはわかっていた。

「まあまあ、百合。天才型であんまり準備しなくても受かる子も、たまにいるのよ。私の幼稚舎時代の同級生にもいたわ。……学校にいいことをもたらすのなら、権力でもお金でも、才能でもいいの。何かに秀でていれば、あの学校は入れてくれる」

玲奈は、いままでに見たことがない顔で、不敵に笑った。あかりは、生粋の東京女のプライドを刺激してしまったことに気がつく。

「残念ながらうちの子は天才じゃないから、入れてあげるために一族総力戦よ。でも絵があまり得意じゃなくて、躍動感のある動物の絵と背景が描けるようにタンザニアにも連れていったんだけど」

「タ、タンザニア？　そういえばサファリ、行ってたよね、あれってお受験のためだったの？」

急に饒舌になった玲奈に、あかりは思わず怯む。

「宇宙飛行士になりたいって言うからLAで展示が始まったエンデバーも見に行ったわ。試験のとき、先生方からお声がけがあるの。何を描いてるの？　どういう思い出？　って。そこで本物を家族と見て、とか言えないと困るでしょ」

「そ、そうなの？」

レベルの違いを感じてあかりはたじろいだ。玲奈曰く、大切なのは〝子どもファースト〟で、いろんな経験をさせているとアピールすることらしい。

「基本だけど……旬くん富士山登った？　屋久島トレッキングした？　網走で流氷は？　沖縄でホエールウォッチは？」

横で当然というふうにうなずく百合。あかりは首を横にふるのが精一杯だ。人一倍外遊びを重視し、1日数時間を旬と一緒に公園で過ごしてきた。動物園だって水族館だって、時間が許す限り一緒に行った。でもそれは受験のためではなかったし、そもそも玲奈や百合とはスケールが違う。

「幼稚舎に入ろうとするなら、そのくらいの努力と、さらにコネか権力が必要ね。あかりと旬くんに自信があるなら、受けてみたら？　あ！　もうこんな時間？　幼稚園にお迎えいかないと」

玲奈と百合が、それぞれメルセデスとBMWのキーを、最新のネイルが施された美しい手で取り上げながら言う。そういえば、ふたりはいつも車で集合する。あかりはもちろん、電動自転車だ。

「お受験は、私たち女の人生の、総決算なのよ。生まれ持ったもの、手に入れたもの、育てたもの、すべてを評価されるの」

女の人生の、総決算。

あかりは茫然としながらも、自転車の鍵を握り締め、2人のあとを必死で追いかけた。

## 4

## 〝幼稚舎同士婚〟は、お受験合格への通行手形!?

「本日からお世話になります、桜井と申します。息子の旬ともども、よろしくお願いします」

　教室の初日、差し入れを手に北条邸に着くと、凛子がリビングで子どもを待つ2人の女性を「こちら由衣さんと理沙さん」と紹介してくれた。2人とも、髪も肌もよく手入れされていて、とても園児の母親とは思えない。彼女たちのような母親は、綺麗に身を整えながら、幼稚園や教室に1日何往復も付き添っているはずだ。子どもにプリントを解かせ、たっぷり読み聞かせをしたあとは、幼稚舎受験に関する情報収集と準備が待っている。もちろん家事もあるだろうし、兄弟がいればそれは2倍になる。あかりは、今まで知ろうともしていなかったお受験ママたちに敬意を持つようになっていた。

「ただいまー！　ママ、ハリネズミ作ったよ、見て！」

　戻ってきた旬が手にしているのは工作物で、針の細かいところまでよくできている。しかし一緒にいた3人の子どもたちの作品を見て、あかりは息を呑んだ。

　段ボールや色紙をつかった、子どもの体ほどのキリンのオブジェ、躍動感あふれる南極のペンギンの絵、極彩色に彩られたパイナップルの立体工作。4、5歳の子のものとは到底思えない出来栄えだ。それでも「良くできてるね！」と旬を笑顔でほめていると、北条から大量のプリントを渡された。

「最初はお母様が一緒に解いてください。1日20枚から始めて、3か月で1日50枚、1枚2分程度が目標です。幼稚舎はノンペーパー校ですが、ペーパー的思考も必要ですし、併願校対策にも有効です」

　その言葉に、あかりは必死でうなずいた。

「それから次週までに、福澤先生の『福翁自伝』を読んで、思うことをまとめてきてください。願書に必要です」

〝あなたには相当頑張っていただかないとなりません〟と、初めて会ったときに言われた言葉をかみしめながら、旬とともに帰路に就いた。


その夜、玲奈から連絡があった。

何でも幼稚舎時代の同級生たちとお茶をするので、あかりも情報交換に来たら、と言う。同級生の集まりにひとりで乗り込むのは気が進まなかったが、今は幼稚舎の情報を少しでもキャッチしたい。あかりは思い切って参加すると答えた。

しかしこの集まりで、あかりは「幼稚舎出身」の世界を見せつけられることになる。


翌日、白金台からタクシーに乗り、運転手に玲奈の家の住所と旧姓を告げると、「ああ島津山の大きなお屋敷だね」と、ナビに入れることもなく発車した。島津山と呼ばれるエリアには東京とは思えない豪奢な屋敷が立ち並び、あかりが住む芝浦アイランドとの様相の違いに、思わず目をみはる。その中でも一際重厚な屋敷の前で、タクシーは停止した。玄関までの広く長い階段は御影石だろうか。門扉から見上げる屋敷は、まさに「お屋敷」としか言いようのない佇まいだ。お手伝いさんに案内されて長い廊下をすすむと、ひろびろとした芝生の庭とデッキでつながった広い部屋で、玲奈たちがシャンパンを飲んでいた。

「あかり！　今日は来てくれてありがとう！　みんな、私のCA時代の同期のあかり。こちらは息子の旬くん。今度幼稚舎を受けるの、いろいろ情報交換してあげて」

玲奈は旬に、部屋の奥でバルーンを作成している女性のほうに行くように促した。子どもたちに次々と好きな形のものを作ってあげている。

——誕生日でも何でもないこの集まりに、バルーン専属のスタッフを雇っている……。

あかりはそっと部屋を見回す。ソファをしつらえた部屋の、バルーンを作成している反対側では、板前のような男性がネクタイを締めて寿司を一心不乱に握っている。

「あかり、旬君のお料理とオードブルはあっちから好きなのとってね。お寿司は、昼間だから馴染みのお店の方が、特別に出張してくださったの」

よくよく見れば、あかりもいつかは行ってみたいと思っていた名店の文字が布巾に入っている。

「う、うん……。ありがとう。お土産買ってきたから、置いとくね」

あかりは、子どもたちが食べるようにと白金台で買ってきた流行りのカップケーキと、大人用のシャンパンをそっとテーブルに置いた。しかしカラフルなおもちゃのようなカップケーキは、その豪奢な大理石のテーブルにまるで似つかわしくなく、ぽつんと浮いているようだ。手土産からして間違っている気がして、あかりはめまいがしたのだった。


「あかりさん、はじめまして！」

それぞれがグラスを持ち上げ、乾杯した。

あかりはCA時代に培ったスキルをフル回転させ、華やかに笑い、社交的にふるまった。

今日は玲奈の同級生のなかでも、早く結婚して子どもがいるメンバー4人で集まったという。部外者とも言えるあかりに、彼女たちはあれこれと話しかけてくれて、嫌みなく話の輪の中に入れてくれた。さすが本物のお嬢様は、コミュニケーション力もすごいなと感心する。そういえば玲奈も、CA時代、どんなVIPが来てもまったく舞い上がるそぶりはなかった。プライベートでお茶をしていたときも、有名なIT起業家を見かけると迷うことなく近づき、名刺交換したあとしばらく話し込んでいた。

今思えば、それは幼稚舎で培われた自己肯定感と自信、場数の違いを表しているのだ。

「このメンバーで、お正月は初日の出を見に行ったのよ」

幼馴染みに囲まれて、玲奈はいつになく饒舌だった。

「いいなぁ、家族ぐるみで？　旦那さんもついてきてくれたの？」

あかりは美しくセットされたアペタイザーをつまみながら、玲奈を見る。

「うん。私たち、学年は違うけど幼稚舎生同士で結婚したから、旦那さんとも幼馴染みなの」

玲奈がこともなげに言う。

玲奈以外の3人も幼稚舎同士婚……。両親が幼稚舎出身ならば子どももとても有利と聞いたことがある。あかりは羨む気持ちで、ちらりと庭で駆け回る子どもたちを見た。

「それが行ってみたら、頂上まではヘリの乗り継ぎが必要で、酸素ボンベもマストだって言うの。だから子どもたちに万が一のことがあっちゃいけないって、結局大人しか行けなかったのよ」

——ヘリ……？　ボンベ……？

あかりは混乱しながら、また必死で頭をフル回転させる。初日の出というからてっきり九十九里浜あたりをイメージしていたが、どうやら違うようだ。

「ど、どこまで見に行ったの……？」

「モンブラン。初日の出に合わせて、ヘリで山頂から光が差すのを見にいったのよ」

——モ、モンブラン……！

映画なんかで見るビジュアルは頭に浮かぶが、正確な場所さえ思い出せない。

「結局、子どもはパパたちとフランス領の山麓の別荘でお留守番してもらって、私たちだけヘリで行ってきたの。綺麗だったよね！」

無邪気に盛り上がる玲奈と同級生たちに、かろうじて「それは、綺麗だろうね」と声を振り絞る。

その時ノックの音がして、さっき部屋まで案内してくれたお手伝いさんが入ってきた。

「お嬢様、配達の者が参りまして、お届けものをお庭に運びたいと申しております」

「あ、良かった、遅いから心配しちゃった！　澤田さん、それ私たち4人からなんです、通していただいてもいいですか？」

同級生の一人が、お手伝いさんに話しかける。初老に近いこの女性と、幼馴染みの彼女たちは十分に顔見知りであるらしい。

「玲奈、今日のお土産、先週探してるっていってたから自転車にしたよ！　14インチでいいよね？」

大きなリボンがかけられたマセラティの自転車が、庭にうやうやしく運ばれてくるのを見ながら、あかりはやっぱりシャンパンとカップケーキじゃだめだったんだ、とうなだれた。

# 5

## 慶應幼稚舎入試、それは壮大なオーディション

「それで、幼稚舎出身者の大豪邸を見て、あかりちゃんは心がぽっきり折れちゃったのね」

玲奈の実家で集まった翌日。幼稚園で元気のないあかりの様子をみて、凛子がお茶に誘ってくれたので、スタバで昨日の様子を洗いざらい打ち明けた。

「〝曾祖父の代から慶應です〟っていうおうちはレベルが違うもんね、ご実家なんか行っちゃだめよ、ショック受けるに決まってるじゃない！」

凛子がカップを口に運びながら、けらけら笑う。絶世の美女、と言っても差し支えない彼女が少し笑うだけで、なんとなく周囲の注目を浴びてしまう。

凛子が笑い飛ばしてくれたことで、昨日から張りつめていた気持ちが緩み、本音を口にすることができた。

「うん……。はじめはわからなかったけど、無謀な挑戦だって身に染みたよ」

「今はいろんな職業のご家庭から通ってるし、判断するのは学校でしょ。いざとなったら両方のご実家に頼みこむ！　そのくらいの覚悟がなくちゃ。それに……それより大事なことがあるでしょ？」

凛子の言葉に、あかりははっとして顔を上げた。

「ミキ先生は、あかりちゃんと修司さんが大学慶應出たくらいじゃ何のコネにもならないけど、旬くんには稀な素質があるっておっしゃったんだよね？」

「うん……。旬には可能性があるって言ってくださった」

凛子はすかさず、あかりにスマホの画面を見せる。

「これ、遠足の集合写真。見て。誰が一番目立つと思う?」

スマホを覗くと、凛子の息子の知樹と並んで、最前列で旬が笑っている。

「一番は旬くんよ。子役みたいなハンサムってわけじゃないけど、この目の大きさ、小柄だけど長い手足、笑った時の明るい表情」

あかりはまじまじと画面を見た。もちろん自分の子が一番に目に入るが、他の人が見ても目を留めてくれるとは考えなかった。

「幼稚舎の試験は行動観察が中心で、何百人といる同い年の子から、いわばオーディションのように選ばれるの。目立つ、引力がある、人を惹きつけるオーラがあるってことはすごい武器になるのよ」

そういえばなぜか、北条ミキも目千両だと褒めてくれた。そして意外にも、あかりの旬に対する声がけが明るさの源なので、その調子で続けるようにとも。

「旬くん、いつもお友達の中心にいるでしょ? 磁力がある子は、受験の行動観察でも必ず周りに子どもが集まるんですって」

「磁力……。そんな大それたもの、旬にあるのかな……?」

「親の先入観が、子どもの障壁になっちゃだめよ。親は子どもの資質をどこまでも伸ばすためにいるの。あかりちゃんじゃなくて、旬くんが幼稚舎に向いているのよ。よく見て」

凛子はにっこりと笑う。まだ28歳なのに、年齢よりずっと大人だと思った。あかりは表面的なことに必死で、一番肝心なことを忘れていたことに気づいた。

「そうだよね。ありがとう！　私が受験するって言いだしたんだもん、旬に一番向いた進路を自分で探さなきゃ」

あかりは目の前のカップを、手が白くなるほど強く握りしめた。


幼稚園から戻ると、あかりと旬はダイニングテーブルにプリントを広げる。朝の1時間と帰宅してからの2時間で、北条ミキにもらったプリントや課題に沿った制作、絵画に取り組むのだ。ゲーム感覚なのか、旬は予想したよりもずっと集中してやっていた。図形を回転させて予想する問題、数分のお話を記憶し、質問に答える問題、季節の行事や植物を分類する問題など、範囲は広い。

「これよくできたねえ、こうもりが哺乳類なんてママ知らなかった」

「前に図鑑で一緒に見たよ？　羽生えてるけど、よく見ると体も顔もネズミっぽいもんね」

〝ねずみっぽい〟と自分で思いついて、哺乳類にカテゴライズするヒントにしている。些細なことだったが、あかりも必死に受験勉強をして慶應に入った身として、情報処理のセンスが重要だという体感がある。

あかりは、旬の顔をじっと見た。

我が子の顔を見ながら、お受験について皆が口をそろえて言う〝あの言葉〟を思い出す。

「お受験は、女の総力戦なの」

今なら皆が言っていた、その言葉の意味がわかる。小学校受験では、母親の全てが試されるのだ。ひとりの女がどのように育ち、教育を受け、働き、どんな人と結婚し、子どもをどのように育てたか。その全てが、子どもを見れば、ありありと露呈する。受験の場で試されるのは旬であると同時に、あかりの全てなのだ。

「旬、お教室、どう？」

あかりが尋ねると、旬は嬉しそうに答える。

「なんか楽しいよ、やったことないことばっかり！」

あかりは思わず吹き出した。これまで旬にいろいろな体験をさせようと、自分なりに頑張ってきた。公園でも動物園でも、キャンプでも雪遊びでも一緒に行って、「独身の頃のあかりでは考えられない」と修司にも友達にも笑われた。それでも小さな教室にさえ、旬がまだ見たことも聞いたこともない世界が広がっているのだ。そしてその世界を、いま純粋に楽しんでいる。旬の人生が始まっている。二人三脚だけど、たしかに彼なりの人生が。

あかりは深呼吸をしてから、プリントを広げて2人で取り組み始めた。


「修司！　荷物は一つにまとめてね。旬、おばあちゃんと一緒にいい子にしててね」

旬とあかりが、北条ミキのところに通い始めて8か月が経った。今日は7月の土曜日、幼稚舎の学校説明会がある。予約不要だけど講堂がすぐに満員になるから、ぎりぎりに行ってはだめよ、と北条ミキに念を押されている。天現寺の交差点のかなり手前でタクシーを降りると、濃紺のスーツを着た夫婦が、幼稚舎の方向に向かって列をなしている。

あかりは緊張しながらも、ほかの夫婦の様子を観察した。

修司と比べると、ひょっとして20歳くらい年上なのでは、と思うほどの父親もいる。平均しても40歳以上か、園児の父親にしては高齢な印象だった。母親は総じて身なりがよく、メイクやアクセサリーは控えめながら、顔立ちが美しい人が多い。社会的地位のある男性が、美しい妻を娶《めと》った、という構図が浮かぶ。　あかりと修司はほとんど一番若い夫婦であり、おそらく色々な意味で場違いな夫婦なのかもしれない。それでも圧倒されている時間はない。旬に本当に向いた学校なのか、アンテナを最大に張って考えなくては。

　あかりはぎゅっと、修司のスーツの肘のあたりを握った。

# 6

## 慶應幼稚舎受験の天王山

「さすがの環境だったなぁ……。校内に並んでた動物のはく製や化石、本物だろ？　標本もすごかったし、子どもたちの油絵も上手だった」

　幼稚舎を出て、古川橋近くまで歩いたところでタクシーを拾うと、修司は興奮冷めやらぬ様子でネクタイを緩める。どうなることかと心配していたが、講堂で舎長の話を一生懸命聞いてメモを取る修司の姿が、あかりには嬉しく、心強かった。

「ほかにもいくつか説明会行ったけど、校風に関して言えば幼稚舎が一番旬にあってる印象よね。おおらかで子どもが得意なことを思う存分伸ばす、っていう信念を感じた」

　あかりも紺のジャケットを脱ぎながら、講堂で聞いた話を思い返す。

「幼稚園のお友だちって、玲奈ちゃんと、凛子さんだっけ？　すれ違ったけど、俺挨拶しなくてよかった？」

「うん、いいのいいの、目立っちゃったら迷惑だろうし。実は、受験するって聞いたことない幼稚園のお母さんたちが、いっぱいいいたんだよね……」

最初は、声をかけようか迷った。しかし何人かの母親と会ううちに、あかりはある事実に気が付いた。彼女たちの刺すような強い視線を感じたあと、皆は一様に視線を逸らしたのだ。お互い見なかったことにしようという合図なのか、あるいはあかりがこの場にふさわしくないと暗に糾弾しているのか。どちらとも見当がつかなかったが、校内見学の長い列で凛子とすれ違い、そっと合図を交わす頃には「どちらでもいい」と落ち着いていた。

「まず獣身を成して後に人心を養え、だっけ……？　福澤先生の教育理念。まずはたくましい体力と精神力、その土台の上に教養を身に付けるってことだよね。昔きいたときはふーん、て感じだったけど、社会に出て仕事してると、腑に落ちるなあ」

配られた冊子を読み返しながら、しきりに感心している修司を見て、あかりは以前の自分を見ているようでほほえましい気持ちになる。この半年間、福澤諭吉の著書を読み込み、あかりなりに幼稚舎の理念を理解しつつあった。しかし修司はまだ知らない。この戦いが、どんなに絶望的で、無謀な挑戦かを。

――知らなくていい。修司も、当の旬さえも。

水面下の準備と努力、お膳立ては自分の仕事だと、あかりは腹を括っていたのである。

数日後。あかりは大手幼児教室にいた。

「では慶應義塾幼稚舎対策講座を受講されているお母様、こちらにどうぞ」

20人ほどの母親に続いて、教室に入る。

「そろそろ大手のお教室にも行って、場慣れと力試しに行きましょう」

北条ミキが提案してくれたのは、あかりも名前を知っている大手の教室だった。幼稚舎対策夏期講座はすぐに満員になると聞いていたので、申し込み当日の朝、必死で電話をして、なんとか申し込めてほっとしたものの、その値段を見てため息をついた。いくつかの講座を組み合わせれば、夏休みだけでここに最低50万円ほど払うことになるだろう。対策合宿に行き、他の学校の受験も視野に入れれば１００万円だってあっと言う間だ。

今後は講座を厳選しよう、とパンフレットに目を落とすと、50歳前後の痩せた男が入室し、ホワイトボードの前に立った。講師の入室に、教室に緊張感が生まれ、母親たちが一斉にお辞儀をする。

「それでは幼稚舎受験生のお母様、お子様の男女別、生まれ月順に並んでください。今から夏休みの旅行先と内容について指示します」

旅行先と内容……？　訳がわからず、あかりはそっと周囲を見回す。皆待ってましたとばかりに素早く移動をしている。あかりも急いで、右から2列目、5月生まれのグループに加わった。

講師が4月生まれのグループと何事かを相談している間、隣に座った紺ワンピースの女性に小声で尋ねる。

「私、普段はこのお教室に通っていなくて……あの、夏の旅先の指示って何ですか？」

「え？　あの、ご存知でしょうけれども、幼稚舎は、夏の思い出という絵画テーマがよく出るんです」

「それは知ってます、海でも山でも、その場でテーマに対応できるように、両方あるところに行っておくのがベストなんですよね？」

　そこまで話したところで、男性講師がファイルを手に、5月生まれグループにやってきた。

「お待たせいたしました。皆さまご存知の通り、本番は生まれ月順に受験番号が与えられますから、ここにいる方々は当日も同じグループであることが予想されます」

　あかりは思わずぎゅっと手を握った。幼稚舎対策に定評のあるこの教室は、合格者の多くを輩出している。受験の日の顔ぶれと、そう変わらないのだ。

「当日、絵の内容がグループ内でかぶらないように夏休みの旅行先を割り振ります。鮮やかな色彩、特徴的な動物や魚がいて印象的な絵になるところをピックアップしました。まず正木さんはコタキナバル」

　コタキナバル……。元CAのあかりは、とっさにマレーシアの地図を思い浮かべる。指示された母親は、必死でメモをとっていた。

「そこからボルネオ島のオランウータン保護区に行ってください。大きくてカラフルな昆虫を捕まえることも忘れずに。テングザルも絵に描きやすいですね」

　他の母親が羨ましそうに見ている。講師は事務的に次の母親に告げる。

「木村さんはケアンズでお願いします。亜熱帯雨林の様子が描けるようによく見てきてください。キュランダ鉄道も必須です。海バージョンとして、シュノーケリングでカラフルな魚を、図鑑を見ながら探してください」

「あの、うちはゴールドコーストに別荘があって、行こうかと思うんですが、大丈夫でしょうか？」

横から入ってきた質問にも、講師は淡々とうなずく。

「では高橋さんはバイロンベイでイルカと一緒に泳いでください。高い山がないので、車で洞窟の土ボタルか、飛行機で行ける日程の余裕があればエアーズロックに行って朝日を見てきてください」

あかりは困惑した。修司はせいぜい5日くらいしか連休がとれそうもない。この人たちの夫は、サラリーマンではなく自営業ということなのか。

「あの、すみません……国内でどこかいいところはありますか？」

あかりは思い切って手を挙げた。恥ずかしがっている場合ではない、何としてもアドバイスが欲しかった。

「では桜井さんは西表島に行ってください。亜熱帯ジャングルをとにかく歩いて。自分の足でイリオモテヤマネコを楽しく探してください。マングローブ林のカヤックも必須です。シュノーケリングでは必ずウミガメを見つけて一緒に泳いでください」

あかりは必死に、手帳にキーワードを書き込む。西表島。イリオモテヤマネコ……って簡単に見つかるものなのか。


天王山の夏休みは、始まったばかり。予算も上方修正が必要だった。

# 7

## お受験ママからの非情過ぎる密告

「うん！　シャツはこの素材と色が、一番旬くんを引き立てるね。ベストは薄いほうがフィットしてきれい。靴下はこの長さ。スタイルがますます良く見えたよ」

百合のお墨付きを得て、あかりもほっとしてうなずく。

今日は、願書に貼る写真を撮影するときに着て行く洋服について、百合からアドバイスをもらっていた。伊勢丹写真室で撮影の予約を入れたものの、そこに何を着ていくか決めかねていたのだ。受験当日に着用する服で撮影するので、男子は半袖シャツ、紺のベストに半ズボンと相場が決まっている。

北条ミキのアドバイス通り、サエグサやファミリアなどの老舗ブランドはもちろん、有名受験服メーカーで試着し、当日の予備も含めて4パターン購入していたが、いざとなるとどの組み合わせがいいのか迷う。既製品でもOKとされる男子でこうなのだから、オーダーメイドが主流の女子はどんなに迷うことか……と考えたとき、人一倍面接服にはこだわると言った百合の顔が浮かんだ。

「あかりまだそんなこと言ってるの!?　私は3月の受注会でとっくにベストパターン決めてたわよ！」

相談すると翌日に飛んできて、旬にあらゆる組み合わせで服を着せ、アドバイスをしてくれたのだ。

「で、ここまでで及第点。あと一つ、他と差をつけるとしたら……」

プロお受験ママである百合の目がきらりと光る。

「あと一つって……？」

見当もつかないあかりは、身を乗り出して百合の顔を見た。

「この半袖だけど、旬くんにはほんの少し長い。あと1センチ短いと、快活さが引き立つんじゃない？　彼は細いけど筋肉がしっかりついてるから見せたほうがいいよ。袖、三田にあるこのお店に持っていって、このラインですぐに詰めてもらって」

「……わ、わかった！」

真剣な表情に圧倒されたあかりは、神妙にうなずいてショップカードを受け取る。

「女子はね、もっと大変なのよ」

「そうなんだってね……私、息子で良かったって思っちゃった」

百合の母校である東洋英和のような伝統ある人気女子校は、受験当日の服装にも王道とされる色やスタイルがあるという。志望者はそれに合わせて数パターンの服を仕立て、ヘアスタイルも1センチ単位で試行錯誤し、一番子どもが良く見え、かつ試験中に乱れないアレンジを毎日研究しているのを、北条ミキのところで見ていた。

「ただ無難なだけだと目立たないし、既製品だと他の子とかぶっちゃうしね。うちも襟元の刺繍、学校カラーのガーネットでもう1パターン作ってみようかな」

あかりは百合に心から感謝しつつ、お礼の焼き菓子の詰め合わせを差し出した。

「伊勢丹写真室で撮るんでしょ？　志望校を言えば、その学校ごとに家族の立ち位置や表情もアドバイスしてもらえるから、必ず伝えるようにね。できれば他の写真館でも撮影して、全部先生に見せて選んでもらうのよ」

　せわしなく立ち上がりながらも最後まで的確なアドバイスをしてくれる百合に、あかりは思わず頭を下げた。子どもだけではなく、自分自身も〝お受験〟を経験している百合の情報量や心構えは勉強になる。周回遅れのあかりが見ていられないのか、なんだかんだとアドバイスをくれる百合に、頭があがらなかった。


「あら、桜井さん、有瀬さん！　ちょうど良かった、今お時間ありますか？」

　大手教室で、あかりと凛子が幼稚舎対策講座の終わりを待っていると、女性講師が声をかけてきた。

「やっぱりお2人はお友達なんですね、同じ幼稚園だし、普段も同じお教室に通ってると旬くんと知樹くんが言っていました」

　夏休みだけここに通っていることを咎められるのかと、あかりは少し縮こまる。二人はそのまま受付エリアの一角にある簡単な面談スペースに通された。衝立で仕切られているブースにそれぞれ座ると、講師はまずあかりのブースに入るやいなや、少し興奮した様子で話し始める。

「この前の模試なんですけれど、幼稚舎、非常に良い判定が出ています」

「えっ……!?」

　あまりに予想外の言葉に、あかりは素っ頓狂な声を上げてしまった。少し離れた受付周辺にいる他の母親の視線を感じ、口元に手を当てる。

「今日模試の結果が配付されますが、旬くんは、行動観察と体操で1番になっています。これは幼稚舎、非常に楽しみですよ。ぜひこの後の直前講習で、合格へのラストスパートをかけてください。お勧めの講座に印をつけておきました。それにしても……旬くんも知樹くんも非常に優秀で、正直驚いています。さすが、北条先生の教え子ですね」

講師は、昔大手教室で絶大な人気を博したという北条ミキのことを知っているようだった。通っていることは旬と知樹からきいたのだろう。1月から彼女のもとで夢中でやってきたが、大手教室で褒めてもらえるほど伸びていたとは……。あかりは嬉しさのあまり、思わず涙ぐむ。

毎朝のラジオ体操から公園遊び、蟬捕り、家に戻って1時間のペーパー、午前と午後の講習とプール、帰宅してからの2時間の勉強や工作、夕食後の読み聞かせと図鑑チェック……。地道な日々の努力が、実を結びつつあるのかもしれない。

「ありがとうございます、どうぞよろしくお願いいたします」

席を立って旬たちの教室の前に行くと、同じく面談を終えた凛子の表情も明るく、手には国立小学校の講座案内を持っていた。ペーパーが群を抜いて得意な知樹は、おそらく国立の筑波も勧められたのだろう。早朝にできるだけ活動し、運動や屋外活動をはさみながら勉強に取り組むスタイルは凛子を手本にしたものだ。成果は着実に出ている。思わず、凛子と力強くうなずきあった。

しかしこのときのやり取りが、のちに大きなトラブルを招くことになる。

9月の新学期。天王山と言える夏休みが終わり、幼稚園が始まった。秋は何かと行事が多く、受験準備との両立が大変だと聞き、あかりは気合をいれて登園する。しかし登園すると、あかりはいつもと違う空気を感じた。他の母親の、視線を感じるのだ。いつもなら誰かが話しかけてくれるのに、今日は誰も来てくれない。

凛子の姿を探していると、いつもはあまり接点のない園長が、あかりの姿を見て近づいてきた。

「桜井さん、少々お時間いただけますか。お話があります。旬くんは教室に行っていいですよ」

「はい……？」

初めて入った園長室のソファに座ると、園長と、学年主任の先生が向かいに座る。その表情から、良くない話だと直感が働いた。

「実は、先週、数人の保護者の方が幼稚園にいらして、旬くんのことでお話があると言うんです」

「旬のことで……ですか？」

「はい。桜井さん、これはあくまで先方の言い分で、私どもがそれを頭から信じているわけではないので冷静に聞いてください。単刀直入に言うと、数人のお母様が、旬くんと運動会に出ることを拒否しています」

すぐには意味がわからず、あかりは園長の苦虫を嚙み潰したような顔を呆然と見つめた。

# 8

## 不合格は、絶対に許されない。慶應一族に嫁いだ特権階級妻の苦悩

「旬がいるなら、運動会をボイコットするということですか……?」

いつもにこやかに話しかけてくれる、同じクラスの母親たちの顔が、代わる代わる頭に浮かぶ。一体、誰が園長に直訴したのだろうか。旬はこれまでトラブルを起こしたことはなかったし、クラスの中心的な存在で友達も多い。心臓を掴まれたような息苦しさを感じ、冷静になろうと深く呼吸した。

「もちろん、わたくしどもも毎日子どもたちを見ていますから、あの旬くんが急に何かをしたとは思っていません」

顔色を失くしたあかりのショックを和らげるように、園長は力強く言った。

「桜井さん、幼稚舎を受験なさるそうですね?　原因はそのことだと思います」

「幼稚舎を受験することが、関係あるんですか?」

「桜井さん、当園では毎年かなりのお子さんが小学校受験に挑みます。長年見ていますから、お母様方がどんなに一生懸命かを理解しています。そして時に良からぬ方向に暴走してしまう例も、本当にたくさん見てきました」

「暴走……?」

あかりは指先が冷たくなるのを感じていた。

「今回数人のお母様が、旬くんが大人のいないところでは乱暴で、子どもたちが怖がり、運

動会の練習ができないと言っています。運動会終了まで登園しないでほしい、それがかなわないならば十数人でボイコットすると。チェーンメールのような形で悪い噂を流して、人数をある程度まとめたようです」

あまりの言われように一瞬言葉を失い、反論しようとすると、園長はわかっているという風に手で制した。

「しかも、それを幼稚舎に関係する筋へ進言するとまで言っていました。この点に関しては、私も厳しく出たので、思いとどまってくれたと信じているのですが」

あかりは一瞬頭が真っ白になる。根も葉もないことを、まだ何も関わりのない学校に言うなんて、そんなことを思いつくこと自体が信じられなかった。

「……誰なんですか？　私今から話をしにいきます」

「桜井さん、落ち着いてください。私どもも、幼稚舎もわかっていますよ、実はこういうことは時々あるんです。成績が急に上がって目立つ子がいると、焦りや嫉妬からとんでもない行動に出てしまう」

「でもそんな噂を流しても自分の子が合格するわけじゃないのに……」

「旬くんが1か月以上登園できなければ、日常生活のリズムが大きく狂い、不安定になるでしょう。また、桜井さんが受ける精神的ダメージは計り知れません。11月の受験準備に影響が出るのは間違いない。そうすれば力のある子がひとり消える。それが狙いです」

騒動が収まるまでしばらく時間をくれという園長の言葉に、あかりはうなずくしかなかった。動揺させることが狙いならば、ここで騒ぎを大きくして深手を負うことは避けたかった。園長室を出ると、同じクラスの母親が2人、近づいてきた。

「あかりさん、大変だったわね。実は夏休み中に、こんなＬＩＮＥが回ってきて……」

「そうみたいですね」

あかりが言葉少なにうなずくと、2人は心から同情したように眉を顰める。美しくトリミングされた眉と、シミひとつない白い肌を、今となっては恐ろしいような気持ちで見た。

「桜井さん受験するの？　今までそんな素振り見せなかったから、みんな驚いているみたい。広尾の教室で、旬くんがとても褒められていたって」

「ええ……。個人教室にお世話になっているので、夏休みまで凛子ちゃんにしか会わなくて。皆さんにお話ししたことはなかったかも」

「そうだ、凛子ちゃん、四谷雙葉のご出身なんですって？　隣のクラスの今野さんが、凛子ちゃんは雙葉の6学年下にいたって。あの方そんなに若かったの？　美人で当時からすごく目立ってたって……」

「今日は失礼しますね」

あかりは話を遮って、園を後にした。


「あかり大丈夫？　ほら、うじうじしてたら相手の思うつぼだよ！」

百合が、イニシャルの刺繍が入った白いハンカチを押し付けながらあかりの背中に手を当てた。受験が本格化する前に最後のランチでも、と誘いのＬＩＮＥがきて、あかりはメイクをする気力もなく、かろうじて日焼け止めだけ塗って天現寺近くのカフェに来た。元ＣＡとして、素顔で昼間のカフェに来ることなど一生に一度あるかないかの非常事態である。玲奈も百合も、驚きながら話をきいてくれた。

「……でも、あかりを中傷した人たちの気持ちもちょっとわかるわ」

玲奈が遠くを見ながらブラックコーヒーを飲む。百合が、「追い打ちをかけないで!」とばかりに目くばせするが、玲奈は構わず続けた。

「幼稚舎を出て、幼稚舎の人と結婚して、プレスクールも幼稚園も、幼稚舎への登竜門と言われるところに必死で入れて、個人のお教室で膨大な付け届けもして、少しでも関係する人達に頭を下げてここまで来たのよ」

あかりは玲奈の顔を見た。いつも絶対的な自信に溢れていた玲奈。苦労や努力とは無縁のイメージだった。でも今はどこか虚ろな空気をまとっている。

「あかりみたいにぽっと出の子に負けちゃったら、今までの血のにじむような努力と数千万円の投資はなんだったの? ってきっと思うわ。あかりは入ったらラッキー、でしょ?そんな人に私たちの気持ちがわかる? 絶対に失敗できないのよ。帰るところも、逃げるところもないの。……私たちは天現寺が〝ホーム〟なのよ」

玲奈の本音が、クラスの母親たちの声と重なって心に突き刺さる。負けることは、許されない。それが彼女たちの生きる世界なのだ。その悲痛な叫びに、あかりは何も返すことができなかった。しかし他の人にどう思われようと、あかりと旬が頑張ってきたこの時間を諦めるわけにはいかないのだ。普通の親子の受験対策に比べたら短く、かけたお金も比較にならないけれど。毎日、正面から課題に向き合って努力してきたことに嘘はない。

あかりは、本音で話してくれる2人に報いるためにも、涙を流すのはこれで最後にしようと誓い、顔を上げた。

# 9

## すべてを懸けた慶應幼稚舎受験。試験開始10分で決まった無残な結末

「良かった……これで願書は全部無事に提出できたね」

目まぐるしい受験直前期の、久しぶりの休息。

借りていた資料を返すために凛子と待ち合わせをして、カフェで一息ついた。最後の国立小学校の願書が、ようやく出せたのだ。

「あかりちゃん、私立は幼稚舎しか出さなかったんでしょ？　お教室泣かせよ、ミキ先生に怒られたでしょ」

その言葉とは裏腹に、凛子は至極楽しそうに笑う。そう、悩みに悩んで、修司とも相談した結果、旬の受験校は、幼稚舎と国立3校に絞っていた。でも、と凛子がやや心配そうに言う。

「それ……一般的には全敗するラインナップだけど、大丈夫？」

「わかってる……覚悟の上よ」

凛子のクールなつっこみに、あかりもうなずきつつため息をついた。

倍率が60〜80倍近い年もある学芸大学附属竹早小学校とお茶の水女子大学附属小学校、そして国立小学校最高峰と呼び声の高い筑波大学附属小学校は、合格するために3回の検定を突破する必要がある。1次および3次は厳然たる抽選であり、運任せといっても過言ではない。事実上の入試は2次試験のみ、長い間準備をしてきた親子にとっては試験を受

けられずに終わる可能性もある、厳しい入試だ。よって幼稚舎と国立3校は、どんなに準備した子どもにとっても合格するのは極めて難しく、長く対策をしてきた家庭ほど、私立を併願するのが当たり前だ。しかしあかりはこの4校の出願に絞っていた。

「うちにもっとお金があれば、他に受けたい学校はいくつもあったよ。でも、両親たちに援助してもらう以上、慎重にならないとね」

あかりと修司は夏に双方の実家に帰省し、旬の受験について話し合った。最初は戸惑っていた両親たちも、最終的には背中を押してくれた。

旬がもし私立に通うことになったら、修司の母親は新潟の土地を売ってもいいと言い、愛媛で地銀の支店長をしているあかりの父親も、孫の教育資金という形で援助を申し出てくれた。

「両親に援助してもらうかもしれないとなると、私立は、中高大じゃなくてどうしても小学校から入りたいところだけ受けようと修司と決めたの。だから幼稚舎だけ。だめだったら、きっぱり中学受験で頑張る」

「あかりちゃんなりの仁義なのね。でもその4校でも、旬くんならひょっとするかもね」

凛子が、優しい笑顔であかりの顔を見る。あかりは不意に涙が出そうになった。

旬が乱暴をしていると幼稚園で中傷され、孤立したときも、絶大な人望のある凛子と知樹がいつも通りにしてくれたことで、風向きが大きく変わった。集団ヒステリーのような状況では、最悪は旬が通園できないこともあり得たのだ。

あかりは涙をぐっとこらえた。泣くのはまだ早い。受験が終わったら、これまでの感謝を伝えよう。知樹はおそらく、幼稚舎に受かるだろう。本人の仕上がりは随一だし、外資系金融会社勤務で忙しいのに子煩悩な父親と、知性と美貌を併せ持つ育ちの良い母親。こんなふうに全てのカードがそろって、初めて幼稚舎に合格できるのだ。

あかりはときどき、玲奈の娘の莉奈と知樹はクラスメートになるのかな、と想像する。入学するとK・E・I・O組に分かれ、6年間クラス替えのない幼稚舎。経営者、医者、それ以外など、親の職業で大まかにクラスがわかれるという噂もある。旬も二人と一緒に通えたら、夢のようではあるけれど。

しかしその数週間後、その夢は無情にも打ち砕かれることになった。


私立小学校の入試は11月の第1週に、国立の入試は11月下旬から12月に集中する。

幼稚舎が最初で最後の私立受験になるあかりは、数日後の幼稚舎の男子入試に向けて緊張しつつも平常心を心掛けていた。今日は幼稚園も入園試験で休みのため、旬は代休を取った修司と公園に出かけている。家事を終わらせてしまおうと立ち上がった瞬間、携帯が鳴った。玲奈からの着信である。時計を見るとまだ10時。今日は莉奈の幼稚舎女子Aグループ入試のはずだが、試験が終わるにしては早い。心臓がドキッと跳ねる。

「もしもし、玲奈?」

「……っあかり……どうしよう……」

泣いている玲奈の声を聞き、あかりの背中が冷たくなった。試験に向かうときに何かあったのだろうか?

「どうしたの？　莉奈ちゃんは？　今日幼稚舎だよね？　今どこ？」

矢継ぎ早に質問するあかりに、玲奈は震える声で答える。

「莉奈が……莉奈が、幼稚舎受けられなかった……。試験会場で……父親と別れるときに号泣して……今まで親子分離できなかったことなんて一度もなかったのに、どうしてよりによって今日……」

「ええっ⁉」

玲奈に良く似た、快活で可愛い莉奈の笑顔が浮かぶ。誰よりも入念な準備をしていた莉奈が、親子分離に失敗したなどとはにわかには信じられない。

「莉奈が泣いて離れなくて……『どうしてもゼッケンを付けないので、お父様から最後にもう一度お話ししてあげてください』って戻ってきたらしくて……」

玲奈の言葉は、最後は嗚咽に変わる。先生の言葉は、最後のチャンスだった。

幼稚舎の試験中のゼッケンは受験票に等しく、付けなければ棄権を意味する。玲奈の夫はあらゆる言葉を尽くして必死に説得を試みたが、莉奈が泣き止むことはなかった。そして10分が経ち、これ以上他の児童に迷惑をかけることはできないと判断した先生から、肩をたたかれたらしい。

「どうして……⁉　どうしてなの！　受けさえすればきっと合格だったのに！　これで全て終わりよ、お父様とお母様になんて言えばいいの……どうしよう、どうしたらいいの」

「玲奈……泣かないで玲奈……」

携帯を握りしめたまま、あかりからも涙がこぼれる。玲奈が今日までどんなに頑張ってきたか、自分の分身である莉奈をどんなに幼稚舎に入れたかったか、今のあかりなら想像することができる。

母親の想いの重さが莉奈のプレッシャーになり、試験当日に爆発したのだろうか。恐らく、今日まで期待を背負って頑張ってきた莉奈の心は、審判の日に耐えられなかったのだ。失敗して母親をがっかりさせたくない。玲奈の追い詰められた気持ちを一番わかっていたのは莉奈だったのだ。

「莉奈ちゃんは、ママが大好きなんだよ……」

あかりは、電話ごしに、いつまでも玲奈に声をかけ続けた。

# 10

## 運命の合格発表。6歳で得る〝16年モノ〟エンブレム争奪戦の結末

時計の針が進むのが、やけに遅く感じられる。

旬が幼稚舎の試験会場に入室してから30分が経った。あかりは保護者のために用意された教室の窓から、外を見つめる。都心とは思えない広い校庭で、抜けるような初冬の青空をバックに、大木の梢が揺れていた。

念のため持ってきた、願書のコピーに目を落とす。当初は意外に思ったが、幼稚舎には親の面接がない。

一見公平なようだが、あかりのように「ご挨拶」に行くルートさえない者にとってはそれも素直には喜べなかった。全員がこの願書だけで判断されるとは到底思えないからだ。

慶應幼稚舎の生徒が、試験当日の成績が良かっただけの子で構成されるなど、あるはず

がない。この願書を提出する前に、身上があきらかになっている受験生が大勢いるはずだと、あかりは思う。

しかし不思議なことに、今のあかりはそれさえも当然と感じていた。


ほんの半年前は、玲奈の同級生やその子どもたちが羨ましくてたまらず、眠れない夜を過ごしたこともあった。今思えば、小学校受験の世界に足を踏み入れるまで、あかりは本物の上流階級を目の当たりにしたことがなかったのだ。

あかりは小さい頃から、周囲よりほんの少し恵まれた容姿と頭脳、家庭環境を、自分の努力とかけ合わせて最大限に活用し、小さくても着実に夢を叶えてきた。地方育ちとして知り得た、もっとも華やかな世界は、東京の慶應であり、航空会社のCAとして世界をフライトすること。そして初めて本気で恋をした修司と結ばれ、東京で暮らすこと。その延長に、旬の名門小学校受験があった。当然、努力して達成できる目標だと思っていた。

しかし、現実は違った。

目指した幼稚舎受験の世界には、普通の人間には到底考えられない文脈で、その挑戦を運命づけられている人々が存在する。それをコネだ、お金の力だと言うのは筋違いだと今のあかりはわかっていた。きっと幼稚舎が子どもに期待していることは、勉強ができるなどという一元的なものではないのだろう。才能、財産、コネクション、権力、能力、可能性……。そう、あらゆる分野のうちで何かが傑出していれば、可能性がある。フリー枠が仮に10名と言われれば、その中に入るために頑張るだけだ。どうせコネがあってもその中での戦いなのだから。

その時、教室の戸が開いて、先生と、5月・6月生まれの男子受験生が列になって入ってきた。控室にいた父親と母親が、息を呑んで我が子の様子を見る。試験の出来を推し量ろうとする気持ちと、まだ気を抜いてはいけないという気持ちがせめぎ合う。

あかりのもとに戻って来た旬は、はじける笑顔でこう言った。

「すっごく楽しかった！」

その瞬間、あかりは、それで十分だと思った。ほんの、100分。そこで見られたことだけが、旬の全てだとは思わない。受験の結果は、人生の結審ではないのだ。そして同時に、親と離れ、旬がたったひとりで力の限り頑張った100分間に思いを馳せる。自分が6歳の時に、そんなことができただろうか？　結果はどうあれ、旬は自分の足で立って精一杯頑張り、帰ってきたのだ。

「でも、イリオモテヤマネコを描くチャンスはなかったなぁ」

旬の言葉に、あかりは思わず吹き出した。西表島……無駄だったけど、無駄じゃなかったよね。笑いながら、旬をぎゅっと抱きしめた。

そして1週間後。あかりは、ひとり自宅のリビングに座っていた。

慶應義塾幼稚舎合格発表の瞬間がきた。ウェブで受験番号とパスワードを入力すると、結果が表示される。

あかりは震える指で、Ｅｎｔｅｒキーを押した。

「補欠……!?」

ワンコールで電話に出た修司が、どうしていいのかわからない、といった声音でつぶやいたまま、絶句する。

「うん……。でも、以前ミキ先生が、幼稚舎の補欠は去年も7名でたけど、繰り上がらなかったって言ってたから……望みはないと思う」

「そりゃそうだよな……幼稚舎を蹴るなんてそうそうないよな……」

2人とも言葉が見つからず黙り込んだ。まさか補欠とは、思ってもみなかった。正直なところ、むしろ不合格と言われる準備はできていたのに、補欠と言われて激しく動揺した。もう少し「何か」があれば、幼稚舎に合格していたのだろうか？

「とにかく幼稚舎からの連絡は待つしかないし、いったん落ち着いて、今はこれからの国立3校に集中しよう」

あかりがいつまでも言葉を発しないので、修司が慰めるように声をかけた。あかりもはっとして、そうだよね、とうなずき、電話を切った。国立の試験は2週間後に迫っている。今すぐ立ち上がって、次のために準備をしなければ。北条ミキにも連絡を入れなくてはならないし、両親たちも心配しているだろう。……しかし頭ではわかっているのに、ソファから立ち上がることができなかった。

幼稚舎にあと一歩だった。しかし入学できなければ何の意味もない。

以前合格発表が校内掲示だった頃、補欠だった家庭がせめてもの証に、夕方にそっと記念写真を撮りに行ったと聞いたことがある。

幼稚舎で補欠とはそれだけでも凄いという趣旨の話だったが、今のあかりには掲示があったとしてもそんなことはできそうになかった。

それよりも、旬に何と言うべきだろうか？

やはり他に私立を受けておくべきだったのだろうか。合格証書が1通もないという状況に、今まで頑張ってきた旬を追い込むのは、他でもないあかり自身なのだ。さまざまな角度から考えて、それもやむなしと信じているのに、今は後悔という言葉を頭から追い出すのに必死だった。

涙があとからあとから、流れる。

友人たちと、話したい。しかし今、おそらく喜びの絶頂であろう凛子にも、そして玲奈や百合にも、電話をすることはできない。共に戦った確かな連帯感があるのに、結果を共にすることはできないのだ。

涙はとめどなく、頬を濡らし続けた。

## 11

## そして運命の歯車が狂いだす

「61番。男子1次抽選通過者は以上です」

その言葉を聞き、あかりは静かに目を瞑る。12か月に及んだ戦いが、ようやく幕を閉じた。最後の望みをかけたお茶の水女子大学附属小学校は、本試験を受けることさえかなわなかったのである。

「1次抽選合格者はこのまま着席していてください。通過されなかった方は、ご退出ください」

アナウンスを合図に、講堂に溢れるほどいた保護者の5分の4が、無言のまま退席する。座ったままの保護者、すなわち2次の受験資格を得た人たちは、声に出さないものの、頬が紅潮していた。スクリーンの抽選結果を見て、旬の番号がないことをもう一度確認してから席を立つ。出口に向かうとき、ここにいるはずのない顔を見た気がして、あかりは思わず会場を見渡した。

目に止まったのは、艶のあるロングヘアを無造作に後ろにまとめ、座っていてもわかる姿勢とスタイルの良さが際立つ女性だ。そう、その女性は凛子によく似ていたのだが……。きっと心細さが見せた幻に違いない。


知樹は、幼稚舎含む私立3校すべてに合格した。

旬が1次2次を突破し、3次の抽選で涙をのんだ学芸大学附属竹早小学校については、知樹は2次試験を辞退していた。

「絶対合格してくるのよ！　最後は2倍だからきっと大丈夫よ」

学芸大竹早小の3次抽選に向かうあかりを、凛子はそう言って励ましてくれた。しかし結果的に3次の抽選は外してしまい、その後茗荷谷駅で受験票を握ったまま泣いていたあかりを凛子が迎えにきてくれたことはずっと忘れないだろう。これで旬は、同じく1次抽選で敗退した筑波大学附属小学校も含めて4校全てに敗退した。

正確には幼稚舎は補欠だったが、もちろん1か月以上が経った今日まで、何の連絡もない。制服の採寸も始まると聞くし、もう動くことはないのだろう。

修司に「お茶の水、抽選ダメだった」と短くＬＩＮＥをしたあと、玲奈と百合との3人のＬＩＮＥを1か月ぶりに開く。

東洋英和に無事に合格した百合とは電話で話したが、玲奈とは、幼稚舎の女子受験の日の電話が最後だった。2度メッセージを送ったが、既読になるものの返信はなかった。

――いろいろ、ありがとうね。旬、国立3つともダメでした。でもここまで来られたのは、2人のおかげです。感謝しています。

ＬＩＮＥを送信して地下鉄に乗ろうとすると、スマホが音を立てる。玲奈からだった。

――あかり、抽選お疲れさま。莉奈は、滑り止めもダメでした。対策が甘かったから仕方ないね。番町小に通うために、来月、千代田区に引っ越します。落ち着いたら遊びにきてね。番町から中等部狙うわ。

スタンプも絵文字もない素っ気ない文章だが、あかりは何度も読み返してうなずいた。公立と決まるやいなや、ハイレベルと名高い千代田区立番町小学校の学区に引っ越すなんて……。玲奈はそうでなくちゃ、とあかりは嬉しさを覚えた。

――番町！　さては竣工したてのあの豪華マンションね!?　さすが玲奈。遊びに行くの楽しみにしてるね。あかりも、お疲れさま。頑張ったね。

間髪入れずに百合からもＬＩＮＥが入る。心がじんわり温かくなり、あかりはようやく「本当に受験が終わったんだ」と、深く息を吐いた。

不思議なことに2人の報告を聞いても、後悔も嫉妬も感じなかった。精一杯やったんだから、胸を張って公立に行けばいい。

あかりは抜けるような冬の青空を見て、深呼吸をした。


最後の結果発表から3週間後。

北条ミキのところに最後の挨拶に行くため、手土産を提げてマンションを出ようとすると、凛子からLINEが入った。

――さっきミキ先生のところにうかがったら、あかりちゃんも来ると聞きました。よかったら幼稚園のお迎えまで、広尾でお茶でもどう？

あかりは快諾のスタンプを押す。これで少し気が重かった北条ミキとの面会でも穏やかにお礼を言えそうな気がして、ほっとしたのだった。


「……え？　待って、どういうこと？」

テイクアウトしたカフェラテを有栖川公園のベンチに置き、あかりは思わず凛子の顔を見た。いま信じられない発言が、凛子の口から飛び出たのだ。

「知樹、昨日、筑波に受かったの。抽選2回あるうえに、2次の本試験も10倍だし、まさか合格できるとは思わなかった。主人も大喜び。ほら、あの人も県立から東大だから、国立派なのよ」

外資系金融会社に勤める、10歳以上歳の離れたさわやかな夫を思い浮かべる。東大だとは知らなかったが……今はどうでもいい。

「幼稚舎第一志望じゃなかったってこと!?　だって凛子言ってたよね、幼稚舎は素晴らしいって……」

混乱して二の句が継げないあかりに、凛子はにこにこといつものブラックコーヒーをすすりながら肩をすくめる。

「うん、自主性を重んじて、ポジティブな思考を育てる幼稚舎の教育は素晴らしいと思う。私、知樹には生きる力のある子になって欲しくて。だから私立の中では一番行きたかったよ。でも、ひとつ致命的な欠点があるじゃない？」

「致命的な欠点……？」

小学校受験に挑む親子の多くが、一度は憧れる、最高峰慶應義塾幼稚舎。どんな言葉も負け惜しみに聞こえる、圧倒的人気校。喉から手が出るほど欲しかった、燦然と輝く校章つきのランドセル。

凛子はちょっと残念そうな様子で、声をひそめた。

「だって……。大学、慶應になっちゃうよ？」

しばらく顔を見合わせたあと、母校慶應をバカにされたくないと怒るのも忘れて「そりゃそうね」とつぶやいた。

「幼稚舎に大学がついてなければ、第一希望だったかも。あの学校の素晴らしさは、勉強するかしないかでは測れない。ただ私は、親が6歳で最終学歴を決めるより、心技体そろった子どもが集まる筑波でもまれにもまれてから、人生の大勝負に挑戦して欲しい。大学は死ぬほど努力して東大でもハーバードでも好きなところに行けばいいのよ」

その時、あかりのスマホが振動しだした。北条ミキのところでマナーモードにしたままである。その振動音は、周りの喧噪から切り離され、かすかに……でも確かに空気を震わせ、あかりの耳に届く。

まるでどこか違う世界からの、啓示のようだった。

「幼稚舎は、昨日、辞退したの」

凛子はコーヒーを手に、すいとベンチから立ち上がる。どんな表情なのか、逆光で見えない。

「あかりちゃん、電話、出てみたら？」

画面を見て、スマホを握りしめる。

もしも、もしも諦めていた切符が本当に回ってきたとしたら……？「6歳で学歴が決まってしまう」と案ずるのはもっともだし、そこまで考えるのが、本来のあるべき親の姿なのだろう。それに無理をして入学しても、あかりと修司は後が辛いこともわかっている。でも、そのチャンスを棒に振ることができるだろうか？

有栖川公園には、今日も幼児教室に向かう途中の子どもたちが大勢遊んでいる。それを見守る、ネイビーの「戦闘服」に身を包んだ母親たち。他者からみたら滑稽かもしれない。

しかしそれは、子の幸せを願う母親の真摯で、必死な祈りの装束だ。

あかりは目を閉じて、息を吸い、覚悟を決めると、通話ボタンを押した。

御三家。

首都圏中学受験界に燦然と輝く、究極の伝統エリート校。

男子　開成・麻布・武蔵。

女子　桜蔭・女子学院・雙葉。

5万人ともいわれる首都圏中学受験生の頂だ。挑戦者を待ち受けるのは、「親の力が9割」とも言われるデス・ゲーム。

子どもの頭脳、父の経済力、そして母の究極の献身が求められるこの戦場、決して安易に踏み込むなかれ。

# 御三家ウォーズ

有栖川宮記念公園は、雪化粧だ。

曇天からひらひらと雪が舞う。

一歩一歩、あの場所に近づいていく。

まるで世界中の音が雪に吸い込まれてしまったかのようだ。

さっきまで張り裂けそうだった心臓の音さえも、もう聞こえない。

緊張がピークに達すると、こんな風になるらしい。

それは、私にとって生まれて初めての経験だった。

傍らの翔は、ただまっすぐ前を向いていた。

ぎゅっとリュックのベルトを握りしめ、その手が白くなっている。

12歳。いつの間にか身長は私とそう変わらなくなっていた。


頭の中で、彼の受験番号を反芻する。

角を曲がると、テレビカメラ数台、列を成す塾の腕章をした講師たちが目に入る。

校門から校舎までの花道のような通路を、両親と支えあうように進む子どもたち。

私と翔も、後に続く。

視界が開けて、中庭の一角に、「合格者受験番号」という掲示がある。


不意に、遠のいていた心臓の音が、激しく耳元で響き始めた。

遠目に、掲示されている合格者の人数は、あまりにも少ないように思われた。

「翔……」

思わず呼ぶと、彼は今まで見たどんな顔よりも大人の顔で言った。

「ママ、ここで待ってる？　俺ひとりで見てこようか」

そんなわけない。そんなわけがない。

勝っても負けても。あの掲示板に番号がなくても。

「ママも行く。翔と一緒に見るよ」


私にとっての勇者は、君だ。


私たちは、歩み寄り、前進し、そして仰ぎ見た。

東京都、私立男子校御三家。

麻布学園中学校の、合格者掲示板を——。

# 1

## 地獄への招待状

合格発表からさかのぼること1年8か月前。

深田彩と一人息子の翔はその日曜日、家族3人の誕生日が6月に重なっているため、大忙しだった。

「おーい、彩、翔、出るぞ、車寄せで待ってて」

夫の深田真一は、職場に行くとは思えぬ真っ白なTシャツにデニムといういでたちで、愛車のメルセデスのキーをポケットに入れた。

「はーい、真ちゃんありがとう！　翔、髪の毛とかしてね」

「オッケー、ちょっと待って」

調子のいい返事ばかりで一向に部屋から出てこない息子にしびれを切らし、彩が見に行くと、着替えるようにと置いておいたコーディネートはそのままで、短パンTシャツのまま部屋でリフティングをしている。

「翔、今日はパパの会社の皆さんがわざわざ集まってくださるんだから、お礼を言ってね」

彩の乱入に、翔は色素の薄い目をくるくる回してみせながらリフティングを中断し、ため息をついた。

「俺、そんなの頼んでないんだけどなあ。そんな暇があるなら有栖川でヒロトとサッカーしたいよ」

そう言いながらもしぶしぶ着替えを手に取る翔の肩を、彩はポンポンとたたく。

「まあまあ、そう言わないで。帰ってきたらさ、ヒロト君にうちに来てもらったらどう？　ママ、ケーキでも焼くよ」

なんとかとりなして、急いで身支度を終え、2人はマンション1階のエントランスに向かった。

ソファで真一の車を待ちながら、彩は広々とした窓の外に広がる閑静な南麻布の住宅街を眺める。

そして自分がほんのちょっとだけ、これから始まる36歳の誕生日会を憂鬱に感じていることに思い当たった。

夫の真一と出会ったのは13年前。彩がまだ女子大を卒業したばかりの夏だった。赤文字系雑誌の女子大生読者モデルとして、少しは同世代の中で顔が知れていた彩は、社会人1年目、仕事もそこそこに、声がかかればフットワーク軽く飲みに行っていた。思えば、若すぎて、モテすぎて、結婚や婚活という言葉がピンときていなかった。

そのため友人たちに言わせると「100％本能で」、知人に連れられて数回訪れた、西麻布で極上の肉と地酒を出す小さな店を切り盛りしていた7歳上の真一に恋をした。特別にイケメンというわけでもなく、それどころかのっそりした熊のような風貌の真一に、彩はなぜか一目で好意を持ったのだ。懐かしいような、ほっとしたような気持ちを、今でも覚えている。

すぐに交際が始まり、食べるのが大好きな二人だったから、とにかく美味しいときくと屋台でも食堂でも忙しい合間を縫って食べに出かけた。二人の関係は順調そのものだったが、当時の真一は経営者としてはまだまだ駆け出し。吹けば飛ぶようなその店は、競争の激しい西麻布でどうなるかもわからない状態だ。

しかし交際1年目で子どもができたと分かったとき、二人には不思議と一切の迷いはなかった。

それは運命だったと、彩は今でも思う。

特段の苦労もなく、むしろ器量に恵まれのんびりと生きてきた彩にとって、出産とほぼ同時に始まった結婚生活は、決して豊かで気楽、とはいかなかった。それでも、根が楽天的な真一ががむしゃらに頑張るのを支え、結構楽しくやってきたのだ。

ところが、驚くべき転機が、3年後に訪れる。

1店舗目がようやく、ちょっとした予約困難の店として知られはじめた頃。それに次いで真一が出したコンセプト違いの2店舗目が、大ブームを巻き起こしたのだ。そこから、サクセストーリーがメディアに取り上げられるほどの快進撃が始まった。今では都内の高級エリアにいくつもの店舗を持ち、マンションは五反田から南麻布に移った。敏腕経営者と呼ばれるようになった真一の妻と子として、店舗の一つで毎年従業員たちがけっこうな規模の合同誕生日パーティをしてくれるようなこの生活を、彩はたまにまるで他人事のように思う。

もともとただ好きな人と一緒になって、親子3人、楽しく暮らせれば充分と思い始まった結婚生活が、思いがけず豊かになり、仕事に打ち込む夫と可愛い息子がいる。彩は時折、手を合わせて神様に感謝しているくらいだった。

——今日だって、ちょっと億劫でも、みんながせっかく開いてくれる会なんだから感謝して楽しもう。

彩は一つ頭を振ると、翔と一緒に真一の車に乗り込んだ。

「お誕生日おめでとうございます、社長、彩さん、翔くん！　こちら従業員一同からプレゼントです！」

到着早々、どこかの開店祝いかと見紛うほどの花束と、両手を広げたほどのケーキがワゴンで運ばれてきて、彩と翔はあっという間にフロアの真ん中に押し出された。

「ありがとうございます……」

小学校5年生の翔は、どことなく居心地が悪そうに、照れた様子でプレゼントの大きな包みを受け取る。それ以外にも、近くのテーブルにいくつかのプレゼントがあり、中には常連の有名人の名前もあった。

「いや～社長は幸せ者ですね、こんなに若くて綺麗な奥様と、可愛いお坊ちゃままでいて」

「本当に。こんなに可愛い2世がいれば、将来も色々安心なんじゃないですか」

「翔君、おめでとう！　未来の社長、僕たちを頼みますよ」

口々に祝われて、翔は少し当惑気味に、それでもぺこりと頭を下げている。彩は、これがちょっぴりの憂鬱の原因だったことに思い当たった。

翔は一人息子のため、どこに行っても周囲は、彼をカリスマ経営者の2世として冗談半分にせよ、ちやほやと扱った。本来なら鼻持ちならない子になってもおかしくないようなこの環境で、しかし翔はいつまでたってもこの環境になじむことはなかった。いつもちょっとだけ困ったような笑顔で、ぺこりと頭を下げていた。大好きなサッカーと将棋をしているときとは正反対だ。そんな時、彩の目には、なんだか少しだけ、真一と彩がいる世界から翔が浮き上がっているように見える。

うまく言えないけれど、真一が築いて手に入れた王国は、なんだか翔にしっくりきていない。将来もここに安住するとは思えない。翔の可能性は、なんだか違うところにあるような気がする。でもそれがどんな世界で、どこにあるのか、彩にはさっぱりわからないのだ。彩自身は、頭脳明晰とは程遠く、若くして結婚したために世間知らずで見識も少ない。ちょっと華やかな世界をちょろちょろしていても、彩は自分のことをよくわかっているつもりだ。

翔に「正しい方向」を教えてやりたいけれど、彩には「地図」がないのだ。

仕事があるからと次の店舗に向かった真一と別れ、翔とタクシーで帰路についた彩が、ぼんやりと逡巡していると、いつもの顔にもどった翔が嬉しそうに身を乗り出してきた。

「ねえママ！　近所のあの学校さ、文化祭っていうの？　延期されて、今日なんだって。小学生でも入れるから午後行くかもってヒロトが言ってた。将棋部の有段者と指せるらしいんだけど、今から行ってみてもいい？」

「いいけど……どこの学校？」

翔はガッツポーズをすると、素早くタクシーの運転手さんに行先変更を告げた。

「麻布学園中学校に、お願いします」

その時はまだ、それが大きな運命の分かれ道だと、彩は知らずにいた。

# 2

## 「あなたみたいな母親に、受験は無理」

――ウソ、みんな髪の毛が金髪やピンク……!?

麻布の文化祭に来た彩は、校舎に囲まれた中庭に入るなり、目を見張った。

ステージの上には、文化祭仕様なのだろうが極彩色に髪の毛を染めた男子たちが大量にうごめいている。「ミス麻布コンテスト」とあるが、何かの間違いかもしれない。ここは男子校のはずだ。

ステージの下にもたくさんの私服男子中学・高校生がいて、中には仮装している者もいた。そしてどこから来たのか、大勢の可愛い女子高生がステージを見ているではないか。女子高生たちはキャーキャー叫びながら盛り上がっている。どうやらなぜかこの学校の男子は人気があるようだ。

「すっごいや麻布……。これってほんとに中学生や高校生がやってるの?」

翔がステージの狂乱に目を奪われたまま、彩に尋ねた。

「う、うん、どうなんだろうね? ……確かに先生、さっきから一人も見ないね」

彩は、カオスという表現がぴったりの空間に、すっかり驚いてしまった。エネルギー渦巻くこの空間の運営スタッフは、完全に生徒のみで、先生の影も形もない。しかしイベントはうまく仕切られているような気がする。一見奇妙な風貌の学生たちだったが、彩たちを誘導するさまは堂に入っていた。

それにしても、なんの準備も予備知識もなくふらりと誕生日パーティの帰りに来てしまったがＦＯＸＥＹのネイビーのワンピースはそう目立っていないように思う。なぜならば不思議なことに、小綺麗な装いの母親たちが何人も、小学生の男子を連れているのだ。親子はみな、遠巻きに大騒ぎのステージを、まるで憧れのスターを見るようなまなざしで見ている。ついに女装したミス麻布候補がステージ上に並び始めている始末だったが、親子の憧憬のまなざしは変わらない。

――なんで小学生がこんなに来てるんだろう？　兄弟かな……？

彩は首を傾げながら、将棋部を目指す翔に手を引かれるままに、シュプレヒコールがこだまする校舎へと入っていった。

「君、５年生？」

「はい」

さっきまでの勢いはどこへやら、翔は肩をすぼめてうなだれている。それもそのはず。意気揚々と飛び込んだ将棋部の教室で部員と対戦し、こてんぱんにやられてしまったのだ。

「とりあえず入学までには初段とってきたらいいよ。全国目指してるなら時間貴重だからさ。あ、あいつとも指してみる？　ちょくちょく大会で優勝してるよ」

「全国大会……」

スケールの大きな話に、翔は気圧され気味だが、将棋部員たちは意に介することなく屈託のない笑顔で続けた。

「君、筋はいいよ、将棋部で待ってるよ。とにかく今は初段とって、あとは死ぬ気で勉強だ。入学できなきゃ始まらないから、文字通り、死に物狂いだぞ。僕もそうだった。人生の大勝負だと思って本気で勉強だ。誰も代わってくれない。鉛筆一本で、人生を変えるんだ。麻布で待ってるよ」

その夜、彩は珍しく慣れないPCでサイトをにらんでいた。

翔は、文化祭から帰宅するや否や、「僕絶対に麻布に行きたい。どうしたら入れるのかな?」と目を輝かせていた。明日の朝までに、手掛かりを見つけて報告してやりたい。麻布が私立の中高一貫男子校ということくらいは知っていたが、それ以外のことを彩は何も知らないのだ。学校のウェブサイトには行事の様子が紹介されている。何気なく「卒業生の進路状況」をクリックしたとき、彩の頭はフリーズした。

——東大100名? 東大って、あの東大? こんなに入るってどういうこと?

彩が生まれ育った田舎の中堅県立高校からは、知る限り東大に行った生徒はいない。県内トップ校だって、東大に行く生徒は毎年一桁程度といったところだ。

——その東大に、100人単位で行く学校……。

グーグルに「麻布　偏差値」と入れてみると、どこかの塾の偏差値一覧表が出てきた。そこで彩は、ふたたび呆気にとられた。麻布はたくさんの学校群の頂上近く、とんでもないところに位置しているのだ。

おそるおそる「麻布　入るには」と検索する。すると目に飛び込んできたのは、「御三家」というワードだった。

——御三家って……つまり東京の最難関てこと!?

そのまま読み進めると、麻布受験生のママブログ、というものに突き当たったが、どこを読んでもとんでもないことが書いてある。

『夏休みは1日も休みなく塾に行った。6年生の10月の塾代は35万円だった。追い込みは週5日通塾。週末の特訓は朝から晩まで塾で、お弁当2個持ち。寝る以外は全て勉強、お風呂の脱衣所から歴史のポイントを母親が読み上げる。1月は全部学校を休んで1日15時間勉強。それでも麻布は不合格だった……』

——き、きっと大げさな話かな、小学生が受験勉強のために学校1か月も休むなんてあるわけないし……。

ネットでは何が本当なのかわからない。しかしとにかく麻布に入るにはかなり真剣に「中学受験」をしなくてはいけないらしい。彩は、パソコンを閉じると、明日の朝イチである人に連絡をしてみようと決めた。

「それで急に、麻布に入りたい、なんて言い出したわけね」

白いシンプルなティーカップに、薄く形のいい唇をかすかに当てながら、叔母の岬祐希は少しおかしそうに彩を見た。叔母と言っても、彩の母と15歳も離れた妹で、彩とは8つしか違わない。近所の三田で一人暮らしをしているが、独身らしく自由を謳歌している祐希と、子育て中の専業主婦である彩では生活時間が合わず、翔を産んでからは数える程度しか会えていない。

しかし今朝、彩が久しぶりに電話をして頼ったのには訳がある。

祐希は数年前まで、大手中学受験塾の講師をしていた。講師として相当の評判だったらしいと母から聞いたが、なぜか40過ぎて退職し、今は一般企業で働いている。彩からの突然の連絡に、ちょうど健康診断で午後は半休を取っているからそれが終わったら、と自宅マンションに招いてくれた。


「彩はやめたほうがいいわよ。中学受験」

祐希の部屋のダイニングでクッキーをつまんだ手を止めて、彩は彼女の顔を見た。

「え？　祐希ちゃん、どういうこと？」

「彩は、中学受験に踏み込んじゃいけないタイプ。悪いことは言わないからやめときなさい」

子どもの頃から彩をよく知っている祐希にそう言われると、本質を見透かされているような気になり、とたんにしょんぼりとカップを置いた。

「そうなんだ……。そりゃそうだよね、私中学受験のこと何もしらないし……。でも、受験するのは翔だもん、私は関係ないよね？」

すると祐希は、カップをソーサーに置いて、なぜか不敵に笑う。

「麻布。男子御三家の泣く子も黙る名門校よ。彩が見たとおり、進学実績も素晴らしいけど、それ以上に自由でダイナミックな校風で、日本の政財界に大勢のリーダーを輩出しているわ」

「そ、そうなの？」

近所にそんな名門校があったにもかかわらず、名前くらいしか知らなかった。なんだか居心地が悪くなる。

「麻布に行くには、一般的に小3の2月から中学受験塾に行くのが当たり前。でも実際は、その時点ですでに計算の先取り、親が仕込んだ生活体験に根付く理科社会の知識、膨大な読み聞かせからの自主的読書習慣と、追い込み時期に耐えうる体力が身についているのが前提ね」

彩はぽかんと口を開けてその説明を聞く。

「ちなみにこの1、2年はさらに中学受験自体が過熱して、新小4年生から入塾、のセオリーは崩れつつあるの。このあたりだと、このまえ小学校1年生で定員になって入塾を締め切ったわ」

「1年生ってまだやっとひらがな読めて足し算引き算……。しかも入試まで5年以上塾に通うってこと?」

そういえば白金のほうにある有名大手塾前は、いつでも小さな子と送迎の母親であふれかえっている。

「そう。そしてなんとか『塾活』に成功して入っても、例えば1校舎あたり十数クラスある中でどこにいられるか、熾烈な競争が待ってる。選抜クラスにいたって御三家はそうそう入れない。6年生は年間塾代が150万とも言われているけど、難関を目指す家庭はさらに個別指導や家庭教師をつけるから天井知らずね」

クラスにも塾に通っている子は多いようだったが、あの子たちはそんな生活をしていたとは……。絶句する彩に、祐希は追い打ちをかけた。

「でもね、私が彩を止めた理由はそこじゃないの。中学受験で、最難関に入れるかどうかは、親にかかっていると言っても過言じゃないからよ」

「親の力!?　コネとか財力とかそういうこと?」

彩の頭に、近所にある慶應義塾幼稚舎が浮かぶ。あそこに入れるために、幼稚園の友達が人脈を駆使し、幼児教室代や準備にベンツ数台分のお金を使ったと言っていた。

「そんな単純なものじゃないのよ。中学受験で難関校合格に必要なのは、母親の知性と献身、とにかく父親の経済力、そして肝心の本人の地頭。麻布に受かる家庭はこのカードがほぼ揃っているわ。家族の総力戦なの。そして中でも母親の舵取りが合否を握るといってもいい」

「……私にかかってるってこと?」

彩は空恐ろしくなって思わず腰を浮かせた。受験というからには本人が相当な勉強をしなくてはいけないとは思っていたが、まさか自分がそんな重要な役目を担うとは考えていなかったのだ。

「たった12歳の子どもに、普通の大人じゃ太刀打ちできないような問題を解かせる。そのためには通り一遍の勉強じゃ無理。一日でも御三家の問題を見たら、それがわかるはずよ。もしも5年生から目指すなら、一瞬たりとも無駄がないルートを親が見つけ出してやらないと、返り討ちにあう。その鍵を握るのはあなたなの」

いつの間にか、祐希はいつもの穏やかな叔母ではなく、元最大手塾カリスマ講師の顔で言った。

「生半可な気持ちで踏み込まないほうが身のため。彩みたいにぼんやりした子が今から何も知らないでうっかり中学受験すると、塾のカモになるうえに、御三家は無理。ライバルたちはもう、とっくに見えないくらい前方を走ってるのよ」

彩は、言葉もなく、ただただ茫然とするしか術がなかった。

しかし、その翌日。

彩は、緊張の面持ちで、大手塾が入ったビルの前に立っていた。

## 3

## 高学歴専業主婦の痛烈な一言

「じゃあ、入塾試験に合格すれば、5年生の今からでも入れるんですか？」

彩は、塾の受付カウンターで弾んだ声を出した。まだ入塾を決めたわけでもないのに、思わず声が上ずってしまう。

「はい。近年は低学年から通塾される方が多く、当校舎の他学年は締め切っていますが、5年生でしたら今回は入塾可能です」

叔母であり、元塾講師の祐希にダメ出しされ、意気消沈しつつも、麻布中学に入る方法を知りたいという翔のため、まず全力で情報収集しようとやってきた有名大手塾。

祐希の話から、5年生では門前払いかと思って来たが、可能性があると聞いて彩の胸はどきどきしてきた。しかし聞けば次の入塾試験はなんと今週末。申し込みの締め切りは明日だという。今夜にでも翔と相談しようと、お礼を言って出ようとした時、奥の教室から突然母親の大群が出てきた。港区らしく身綺麗な母親が多かったが、塾というTPOに合わせているのだろう、シックな出で立ちが多い。

しかしその中でミントグリーンのワンピースに華奢なヒール、こなれたヘアアレンジの女が声をかけてきた。

「彩!? 偶然、こんなところで……！」

それが昔読者モデル仲間だった瑠奈だと気づき、彩は思わず駆け寄る。

「瑠奈？ わあぁ、久しぶり!!」

2人は思わぬ再会に興奮し抱き合うと、慌てて声を潜めて外にでた。

「彩のお子さんももしかしてここに通塾してるの？ 今の5年生の保護者会に出てたとか？」

「ううん、そうじゃないんだけど、ちょっとこの塾に興味があるっていうか……。うちも5年生で、実は中学受験の情報収集してて。何も知らないから恥ずかしいんだけど」

今から入りたいなんて言っていいものか、思わず声が小さくなる彩に、瑠奈は昔と同じようにぽってりしたグラマラスな唇で、にっこりと笑いかけた。

「そっか、じゃあ今から、すっごいママ友と情報交換するんだけど、彩も来る？ 久しぶりに彩とも話したいし……それに多分ね、このランチ、もし受験するならめったにないチャンスだよ」

塾から少し離れたカフェのテラス席に着くやいなや、瑠奈は、艶のある黒髪と上質な装いが印象的な女性を紹介してくれた。

「こちら正田薫子さん。同じ小学校なんだけど、息子の光輝君はうちの塾校舎の不動のトップ。なんと、新4年生の入塾以来、15クラス中の最上位から一度も落ちたことがないの。そういう超優秀な子を、うちの塾ではクラス一のさらに上という意味でクラス・ゼロって呼ぶんだけど。信じられる？　うちの春馬は1年生から通って、最近ようやく3クラスある選抜の一番下に入れたのに。今日は頼み込んで、どんなお勉強をしてるのかお話きかせてもらうの」

薫子というその女性は、「どうも」と会釈をするものの、彩には大して興味がなさそうなのが見て取れる。瑠奈との再会でテンションが上がって、うっかりランチについてきてしまった。彩は今更ながら、とても申し訳なく思った。

ふと、昨日祐希から聞いた話が、頭をかすめる。

――この塾は、中学受験の塾の中でも最高レベルって言ってた。そこでトップを張るって、息子さんは中学受験生の最上位層ってことだよね……。

彩はそっと、テーブルの向こうでメニューを手にしている薫子をうかがった。

――中学受験、成否のカギを握るのは母親。

祐希の言う通りなのだとしたら、薫子はとんでもなく素晴らしい母親ということになる。瑠奈が「話が聞けるなんて、すごいチャンスだ」と言った意味がわかってきて、彩の胸は今日何度目かにどきどきしてきた。

――せっかく瑠奈が親切で声をかけてくれたんだから、邪魔しないように一生懸命聞こう。

「それで瑠奈さんと、彩さんでしたっけ、どんなことをお知りになりたいの？」

薫子は時間が惜しいというように、水を一口飲むと尋ねてきた。口調はフレンドリーとはまったく言い難い。本当に仲良しのママ友なのか？　と瑠奈のほうを見たが、瑠奈は気にする風もなく、身を乗り出している。

「薫子さん。前にも少し相談したけれど、うちの春馬、いまはなんとかギリギリ選抜クラスだけど、麻布志望としてはまだまだで。5年生になってから個別指導塾にも通ってるんだけど、プロの家庭教師もつけたほうがいいかな？」

——麻布!?　今、麻布って言った!?

彩は思わず、隣に座る瑠奈の顔を二度見する。正直に言って、瑠奈が受験や勉強に対して、そこまで真剣に取り組んでいるイメージをもっていなかった。昔の瑠奈は……それはまあいいとして、とにかく仕事よりも婚活と宣言し、早々に港区女子を引退。美容皮膚科の医師と結婚したはずだ。

——瑠奈、立派なお母さんになったんだなあ……すごいなあ。

そんな彩の感慨など知る由もなく、薫子は、瑠奈をまるで壊れた重たい掃除機を見るような目で眺めながら、ため息をついた。

「この前みたいに回りくどく言っても通じないみたいだから、はっきり言うけど……。瑠奈さんは、これ以上受験産業に課金する前に、ちょっと目を覚ましたほうがいいんじゃないかしら」

「っていうと？」

瑠奈と彩は、きょとんとして薫子の顔を見た。

「瑠奈さん、今週の塾で4科目それぞれ何の単元をやってるか、把握してる？」

「えっと、今週は……算数は時計算、かな？」

薫子の思ってもみなかった質問に、瑠奈が首をかしげる。すると薫子は、表情を変えずにずばりと言い放った。

「もうはっきり言うけど、瑠奈さん、これまでの人生であまり勉強してこなかったでしょう？」

「……そ、それが関係あるんですか？」

瑠奈はむっとした調子で切り返すが、彩も内心ギクッとして薫子の顔を見た。自慢じゃないが、どれほど勉強してきたかと問われれば、瑠奈も彩も大差ないはずだ。

「じゃあ、この問題を見て、どう思う？　春馬君に今出題して、どの程度処理できると思う？」

薫子はネットで何かを素早く検索すると、算数の問題をスマホに表示した。

——小学生の算数？　これが？

彩にとっては小学校はおろか、高校卒業時点まででも、一度も取り組んだ記憶のないレベルと種類の問題だった。おそるおそる隣の瑠奈を見ると、何か真剣な顔で考えこんでいる。

——もしかして瑠奈、この問題を頭の中で解いてる!?

衝撃を受ける彩に目をくれることもなく、瑠奈は厳かに告げた。

「難しそうな問題ね」

思わずがくっと前のめりになる彩とは対照的に、おそらく予想していたのか、薫子がため息をついた。

「これはね、今年の麻布の問題よ。しかもちょっと複雑そうに見えるけど、ＡＢＣでランク分けするとレベルA。つまり、合格するためには絶対落としてはいけない問題なの」

これでAとは、一体Cはどんな問題なのか、彩には想像もつかなかった。

「瑠奈さんは、もう長いこと塾に通わせてるけど、お金を払ってるだけなんじゃない？　でもね、それでうまくいくのは相当早熟な子だけで、あとはもっと真剣に親がサポートしないとお金と時間をどぶに捨てているようなもの。あなたは、問題が解けないのは仕方ないけど、せめて子どもの弱点単元を把握して、有効な問題を集めるくらいのことはしてあげないと。選抜クラスには、もういられなくなるはずよ」

瑠奈が固まるのを見て、彩は慌てて助け舟を出す。

「で、でも瑠奈は、すごく熱心だなって私感心しました。今日だって春馬くんのために薫子さんにお願いしてお話を聞きにきて……母親になって、とても真剣に子どもの受験に取り組んでるんだなって。私からみたら、薫子さんはもちろん、瑠奈も尊敬です」

すると薫子は、初めて彩のほうを正面から見た。左右均等の、美しい眉とその下の双眸がこちらをとらえる。地味にしているものの、彼女は相当の美人だ。彩は初めてそのことに気が付いた。

「真剣……？」

そこにはなぜか、かすかに怒りのようなトーンがあった。気が付かない瑠奈がすかさず反応する。

「ええ、真剣です！　だって春馬は麻布を受けるんですもの。塾の送迎だって、時給1万円のプロ家庭教師を雇うのだって、春馬のためならなんだってするわ」

「そう。それは『真剣』だこと。ちなみに私は光輝の兄と、光輝の受験のために仕事を辞めたわ。兄の武志は大手塾一本で、授業以外の勉強は4科目全て私が見ました。光輝は、大手のほかに算数専門の飛び級先取り塾に2年生の時なんとか合格させて、算数オリンピックで5年生のメダリストになったの。算数は主人と交互で見て、そのほかは私が全て見ているわ」

薫子は財布からお茶代を出すと、テーブルに置き、すっと立ち上がった。

「本当に麻布を受けるなら、母親がしっかりしないと。そのあとで話を聞きたいというのならお話しするわ。忘れないで、お金を払うだけが親の仕事じゃないの。受験まであと500日を切ってるのよ」

「あの、光輝君みたいにすごいお子さんは、どういう学校を志望するんですか……?」

彩が思い切って最後に尋ねると、薫子はその日はじめてにっこりと笑った。

「我が家は代々、男は開成、女は桜蔭一択。3番目の娘は3年生だけど、私の後輩にしなくちゃならないと思うと今から身が引き締まるわ」

翌週。今日は入塾テストの結果が郵送されてくる日。あの後、翔は二つ返事でテストを受けると言い、週末に受けてきたのだ。彩は朝からそわそわしていた。

翔は、まあまあできた気がする、というので彩は淡い期待を寄せていた。

——もしかして、将棋に打ち込んでいるうちに思考力が鍛えられてたりして……? もし合格できたら、この1週間必死で集めた情報を全部渡して、翔に本気で中学受験するか聞いてみよう。

午後になって塾のロゴが入った封筒が届いた。どきどきしながら封を開けると、飛び込んできたのはＡクラスという表示。

「も、もしかしてこれって、一番上のクラスに合格ってこと!?」

手紙をつかんで、転びそうになりながら真一と翔のいるリビングに突進する。ネットで検索した結果、それが一番下のクラスで、辛うじて不合格を免れたと知るのは5分後のことだった。

## 4
## 合否を左右する母親の資格とは？

「じゃあ、気を付けてね。何かあったら電話してね」

「はーい！　行ってきます！　送ってくれてありがと！」

塾の初日。翔は、彩の心配をよそに、元気に塾の玄関をくぐっていった。

——一番下のクラスって聞いてすぐ諦めるかと思ったけど、なかなか図太いね、翔。

小さく手を振りながら、彩は、入塾試験の結果が来たときのことを思い出す。何も準備をしていなかったから当然とは言え、20近いクラスの中で最下位。翔はこれまで、学校のテストは１００点が多かった。彩の子どもにしては上出来だ。その翔が手ごたえがあったというからには、もしかして塾では真ん中あたりかも、と思った自分はやっぱり親バカだった。結果が来てから1週間のうちに、必死で集めた中学受験全般、麻布や塾の資料を、夫の真一と翔に見せた。そしてできるだけ細かく共有した。

都心での、中学受験の狂気的な過熱ぶり。厳しい塾内の競争。実際に受験生になったら始まるであろう生活。麻布という学校のレベルと、そこに入るために予想される勉強量……。

すると2人は、興味深そうに彩の話を聞いたり資料を読んだりしたあと、予想外の反応を見せたのだ。

「そんなすごい学校だから、あんなに将棋も強いし文化祭も盛り上がってるんだね。やっぱり普通の学校じゃなかったか」

すでに将棋部で麻布生のすごさを体感しているせいか、翔は彩の話にそれほど驚くことはなかったようだ。そして、こう言った。

「僕さ、やってみたい。あと1年半しかないから難しいって祐希ちゃんも言ってたんだよね？　じゃあダメ元っていうの？　かえって気楽だよ、だって誰も僕がそんなすごい学校受かるなんて思ってないもん」

彩は思わずのけぞった。

――その発想はなかった。じゃあ挑戦するってこと？　中学受験に？

驚くほど前向きな翔に、彩は説明が足りなかったのかと、焦って言葉を重ねた。

「し、翔。私も知らなかったんだけど、中学受験は家族全員本気の挑戦だよ。正直言って、御三家は元々頭がいい子がすごく努力してなんとか、っていう世界。そりゃ、麻布って素晴らしい学校だけど……もし目指すなら、サッカーも友達と一日中遊ぶのも、受験までお預けだよ。それどころかみんな寝る時間も惜しんでる。そんな簡単に決心して、耐えられる？」

「簡単じゃないよ、僕もあれから考えてみた。サッカーをやめるのは辛いけど……でもまあ、やるからには本気でやらないとね。学校のクラスにも受験する子はたくさんいるもん、そのくらいは予想してたよ」

「へ？　そうなの？」

どうやら翔は、すでに彩の知らないところで、中学受験の過熱ぶりを肌で感じているらしい。彩が唸っていると、それまで話を黙って聞いていた真一は、彩が作ったドーナツを美味しそうに飲み込んでから、深くうなずいた。

「よく言った。パパもな、いきなり西麻布に店を出すって言ったときかなり反対されたんだ。でも庶民的なイメージのものを高級な街でコンセプトを変えて展開するっていうのは勝機があると思った。男ならやるべきときがある。……でも、パパもママも、中学受験なんてしてないし、大した学もないから、このあたりのエリート両親のようにはいかないぞ。そういう親の力が関係する受験となれば、最初から不利だ。おまけにもうだいぶ出遅れてるんだろ？　……それはどうする、彩？」

いい話なんだかなんだかわからない真一の話に、彩は思わずがくっと力が抜ける。2人が期待を込めた目でこちらを見る。男子にしては愛嬌のある、親子そっくりの大きな目だ。それを見ていると、彩はなぜか使命感が湧いてきた。もともと頼られると頑張る性質なのだ。

「……わかった、翔がやってみたいっていうなら、その辺はとにかく私がなんとかする！とにかく、どうにか作戦を考えるから。翔は時間がもったいないから、勉強を始めて」

――あんなこと言ったけど……さて、どうしよう？

彩がしばらく塾の前で立ちすくみ、思いを巡らせていると、すぐ背後に一台のＢＭＷが止まった。メガネをかけた細身の男の子がおりてくる。

「彩！　やっぱりここに入ることにしたのね？」

運転席から手を振るのは、瑠奈ではないか。

「ここ、駐車禁止だからもう出ないといけないの。広尾のほうでよかったら送るよ、乗っていかない？」


「それにしても、５年生の夏前からうちの塾に入るなんて、すごい勇気だよ、彩。スパルタで有名なんだから」

瑠奈のＢＭＷは、助手席に彩を乗せ、滑らかに走り出した。しかし古川橋のあたりは珍しく混んでいて、天現寺に近づくにつれスピードが落ちていく。

「勇気なんてないの、ただ翔がやってみたいっていうから、とにかく飛び込んでみたけど……。正直、私は自信がないよ。瑠奈はすごいなって感心したよ。塾だって、１年生から通ってるって言ってたよね？」

彩の質問に、瑠奈は少し首を振った。

「聞いてたでしょ、薫子さんの話。通わせてるだけじゃだめだって言われた。うちの春馬は、小学校受験で全部落ちたの。少しは顔が利く学校もあったのに、まさかの全滅。駄目だったとき、そりゃ義理の両親から叱られて。母親の学歴や知識がないと、いくらコネがあってもだめなんだって面と向かって言われた」

「そんな……ご主人はかばってくれないの？」

彩は驚いて、美容皮膚科医として有名なクリニックを経営している瑠奈の夫を思い出す。

「かばうどころか、内心、義両親と同じように思ってるのが手に取るようにわかったわ。顔で奥さん選んで失敗したって、今頃気づいたみたいよ」

肩をすくめてさばさばとした様子の瑠奈を見ていると、それはもはや割り切っているように見えた。

「でも、今思えば私は情報弱者すぎたの。小学校受験のことなんて一切知らないから、幼稚園のママ友の噂や意地悪を真に受けて、いい塾を探しあてるのも時間がかかって。春馬が小学校で落ちたのは私のせい。だから中学受験は絶対失敗したくないの。春馬をなんとしても麻布に入れるわ。麻布に受かればニクたらしい義両親にも、主人にも、何も言わせない。……ここだけの話、主人は麻布落ちたのよ」

瑠奈は、強い視線を前に向けたまま、そう宣言した。それは若い頃のお気楽な瑠奈とも、薫子に叱られていた瑠奈とも違う顔だった。彩には直感的にわかった。その是非は置いておいても、今、彼女は本音で話している。

「そのためなら薫子さんに何を言われても平気。合格のヒントがあるならとりにいく。おかげで私、やってるつもりで全然駄目だったってわかった」

女にはいつだって、いくつもの顔があるのだ。訳知り顔で分類して侮ると、痛い目を見る。

彩はなぜだか痛快な気分になり、何も言わずに微笑んで前を見た。車は天現寺の交差点を抜けて、ふたたび加速していく。

その日の深夜。

翔が持ち帰った塾のテキストを見て、彩は腕を組み、悩んでいた。

——まずい。さっぱりわからない。正確には、自分はもちろん、翔がどれくらいヤバイのかもよくわからない……。

目の前に積まれた教材プリントをファイルするのは親の仕事、と薫子に言われ、とにかく2時間かけて目を通した。翔の答えがすでに書き込まれている。正解しているものもある一方で、歯が立たなかったと思われる白紙の問題もたくさんあった。翔は帰宅後、それらを解きなおしてから眠ったが、とてもすべては終わらない。控え目に言って、まったく授業についていけていない恐れもある。薫子が言う通り、これは少なくとも塾の進度に追いつくまでは、親が取捨選択したり教えたりすべきだろう。

——でも、私にそんな頭はない。受験に真剣に取り組んだ経験もないからコツもわからない。そんなんじゃ、ただでさえ遅れてるのに、必死に頑張ってるみんなにいつまでたっても追いつけないよね……?

薫子や瑠奈の顔が浮かぶ。あれほどの熱意をもって、これまで頑張ってきた家庭に、果たして今から追いつく方法なんてあるのだろうか。

——考えるんだ。間違えてる暇なんかない。翔にとってのベストの戦略って何?

彩は必死に考えた。これまでの人生、戦略や作戦とは程遠かった。でも今は違う。踊らされて答えをつかめるほど中学受験は甘くないと、瑠奈と薫子の背中が物語っていた。

——とにかく今夜、これを全部読んでみよう。そしてせめて受験生のレベルがどのくらい高いのか、理解しなきゃ。

幸い、叔母で元塾講師の祐希がくれた「お宝」がある。参考書4科目、4・5年生合わせて20冊と、有名中学の過去問を集めた本だ。もう使わないから中学受験に挑戦するかどうか判断する材料に、と送ってくれたものだ。彩は立ち上がると、それらをダイニングテーブルにどさりと積んだのだった。

彩が最後の参考書を閉じたのは、東の空が白み始めた頃だった。

なんとか朝までかかって、ようやくすべてに目を通すことができた。しかし最後の過去問集を開きながら、彩は考えあぐねていた。

——一通り教科書を読んでも、実際に入試問題を見ると、どうやって解いたらいいのか全然わからない……。

さらに考えること1時間半。彩は一つの結論に達していた。6時を待って、寝室の真一のところに行く。ベッドの半分、彩の部分を空けて、真一はぐっすりと眠っている。彩は真一の肩に手を置き、「おはよう」と言ったあとに宣言した。

「真ちゃん、翔の受験のことだけど、聞いてくれる？　悔しいけど、今の私じゃ、一晩寝ずに研究しても作戦らしい作戦が立てられない。そんな簡単な話じゃなかった。こうなったら、『中学受験生のお母さん』として作戦が立てられるようになるまで、私、翔と一緒に勉強する。まずは全部一緒にやる。しばらくご飯は手抜きで許して。ピラティスも解約するね。翔が学校行ってる間に、少しでも翔が効率よく勉強する方法を考えるから」

翔が5年生の6月、ある朝。それが彩の、本当のスタートだった。

## 5

# 3年間で、子どもが怯えるほど豹変した夫婦

「そんなわけで祐希ちゃん。私、勉強始めたの。だけど、何度解説を読んでも解けない問題があって……」

彩は、Zoomで叔母の祐希にうったえる。

「例えばこれ、場合の数。ちょっとだけ教えてもらえないかな？」

教科書とノートを広げてカメラに映すと、PCの向こうで、祐希がいかにも面倒くさそうに顔をしかめる。

「LINE読んで、まさかと思ったけど……彩、本気で4科目4年生から勉強してるの？受験自体は覚悟があるなら私が口出すことじゃないけど。彩が今から麻布レベルになるまで勉強するのは、はっきり言って無謀よ。そもそも母親が必ずしも勉強内容を理解してなくても、他にサポートの方法はあるわよ」

彩はわかっているというように首を縦にふる。

「もちろん、私が麻布の問題なんか解けるようになるはずない。ポンコツ女子大、しかも指定校推薦だもん、祐希ちゃんだって知ってるでしょ」

祐希はウンウンと画面の向こうで深くうなずいている。自分で言っておいて多少もやっとしたが、彩は構わず続けた。

「でもせめて、中学受験生がどのくらいの分量とスピードで勉強してるのか理解しないと。

そうでなくちゃ無防備すぎて、赤子が裸で戦場に転がってるようなもんだよ」

彩の言葉に、祐希は何か引っかかることがあるらしく、腕を組んで天井を見上げている。

「まあ、言ってることは立派だけど、はっきり言って焼石に水なんじゃない？　……それに心配なことがあるの。彩には今まで話したことなかったけど、私の塾講師時代の話をしようか」

いつも彩の話をきちんときいてくれる、姉のような存在。そんな祐希の言葉に、耳を傾ける。

「この前、中学受験は母親にかかっているって言ったでしょう。確かに母はマネージャーみたいなものだから、ある程度勉強の内容や進度を把握したほうがいい。でも、大事なのは必ずしも母親が勉強を教えられるかどうかってことじゃないの」

予想外の内容に、彩は少し驚いた。

「でも、塾でトップの子のお母さんは、『勉強は全部私がみてる』って言ってた。やっぱり母親が真剣に受験勉強したことがないとすごく不利なんだって思ったよ」

「もちろん母親が完全に伴走できるなら、それがハマれば劇的に効果がある。でも肝心なのは、母親が自分の子どもをよく見ること。そして、中学受験の『目的』を決して見失わないことよ」

「よく見る……？　そんなの当たり前じゃない？　それに目的っていうと……どんな学校を目指すかっていうこと？　それとも将来の夢？」

彩は訝しげに画面越しの祐希の顔を見る。

「簡単だと思うなら、彩はまだ、中学受験の狂気をわかっていないわ」

祐希はあくまで淡々とした口調で話している。

小学生が、3年間毎日欠かさず何時間も勉強して、ピークの時期は1日10時間以上。親は3年間で数百万のお金を払う。塾の競争は熾烈で、思うように偏差値は上がらない。祐希はさらに続ける。

「それでも毎日毎日、小石を積むように、途方もない試験範囲をつぶしていく。見ようによっては地獄よ。でも、毎年数万の親が、子どもが、中学受験に挑む。なぜだと思う?」

突然質問を投げられ、彩は戸惑いながらも即座に答えた。

「……子どもに、幸せになってほしいから? 夢があるから?」

脳裏には、麻布で将棋を指したいといった時の翔の顔が浮かぶ。

「そう。最初はみんなそこから始まるのよ。彩と同じ。それなのに、だんだんと顔つきが変わっていく……」

祐希はそこまで言うと、ゆっくりと深い息を吐いて、再び口を開いた。

「私が講師だったころ、あれは秋だったわ……」

それは、祐希がまだ大手進学塾で働いていた頃のこと。近くの交番から塾に電話があったのだという。塾に通う6年生の男子児童が、塾の帰りに泣きながら交番にやってきた。事情を尋ねると、その生徒は、「模試の結果が悪くて、これを父に見せたら何をされるかわからないから帰れない」と主張したようだ。その子の腕には、つねられたようなアザがあった。

「その子は、泊めてほしいって交番で頼みこんだの。それでお巡りさんから、先生迎えにきてやってよ、って言われたわ」

彩はその情景を想像し、胸を突かれるような思いがした。テストを握り締めて、家に帰れない少年。どうしようもなくて交番に行ったのだろうか。祐希は静かに続ける。

「でもね、恐ろしいのは……低学年のころから私が知ってるそのご両親は、とても素敵で本当に〝いい人〟だったってことよ」

「そ、そんな素敵なご夫婦が、その子をそこまで追い込んだってこと……？　ノイローゼになっちゃったとか？」

彩は恐ろしくなって、思わずＰＣの前で手をぎゅっと組んだ。祐希が言うように良識のある親だったら、がっかりするとしても、模試の結果ごときで子どもがおびえるほど追い込むなんて彩には信じられなかった。

「そうね、でもご両親は変わってしまった。そしてそれは中学受験ではちっとも珍しいことじゃないのよ。そんな親を他人事だと笑っていると、いつの間にか受験の狂気にのまれていく。忘れないで彩。受験は、子どもが成長するための一つの過程。そして、どういうサポートがその子を最も伸ばすかは、千差万別。絶対勝利の方程式なんてないの」

彩は、いつの間にか口をはさむのも忘れ、ただ耳を傾けていた。最前線の内情を知っている祐希の言葉には、重みと凄みがあった。

「勉強するならまずは半年、本気でやってみなさい。でもそれとは別に、翔を見て。よく見て、そして常に考え続けて」

その日の祐希の言葉は、彩の胸に深く刻まれた。彼女から言われたことをその後もずっと忘れずに、翔と共に勉強し続け、考え続けたのだ。うまくいったと思う日もあったが、途方に暮れた日も少なくなかった。それでも「まずは半年本気でやってみろ」と言われた通りに、必死で毎日を過ごした。
そして気がつけば、5年生の2月が始まろうとしていた――。

早朝、彩はいつものようにスマホのアラームを手探りで止めた。午前5時。冬の外は暗い。深夜に帰宅した夫の真一は、まだベッドに入って数時間だろう。起こさないようにそうっと寝室を出た。

毎朝6時に起きる翔よりも、さらに1時間早く起きて、彩は毎日「予習」をする。5年生の途中から入塾した翔は、本格的なカリキュラムがスタートしていた4年生分がまるまる抜けている。塾の勉強のほかに、それを並行して勉強しなくてはならなかった。彩はその部分を翔より数日早く勉強し、プリントや表を用意して、少しでも効率よく勉強する方法を考える。翔との「個別特訓」は学校に行く前の1時間半を使って、1日も欠かさず続けていた。

「さて、まずは地理。河川と平野をテストしてから、このプリントかな」
昨夜新しく作ったオリジナルの表をトイレに貼ってから、彩も問題集を埋めていく。しんとしたリビングに、コーヒーのドリップ音と、シャーペンの音だけが響く。受験勉強を始めてほどなくして、彩に二つの「想定外」が起こった。

「お。この問題、なかなかいいとこついてるね」
独り言は、不思議と弾んだ声音だ。そう、一つ目に想定外だったのは、彩が本気で取り組んだ結果、中学受験勉強の新鮮で純粋な面白さに気が付いたということ。彩には中学受験の経験がなかったから、小学生の受験参考書を読むのは初めての体験だ。これが、とてもよくできているのだ。図や表、写真を巧みに使い、テキストはわかりやすいのに面白いほど濃密だった。一通り読んだあと、問題を解くと、さっきまでは見当もつかなかった解答を書き込むことができる。特に理科と社会は、日常に結びついていることもあって、まるで世界の成り立ちを学びなおしているような感覚があった。

もっとも算数は、そんなことを言っていられる状態ではない。いまだに彩は、解説を読んでもよくわからない問題ばかり。翔に教えるどころか、教わっている始末だった。しかしそれをひっくるめても、彩が今感じているのは、「中学受験の勉強って結構面白い」ということ。まだ何も知らなかった頃、「小さいのに受験勉強なんて可哀想」と決めつけていたことを反省する毎日だ。

「おはようママ。今日も早いねえ、ありがと」

翔がパジャマのままリビングに入ってきた。手にはすでに、今日やる予定の地理の参考書が握られている。

「おはよ、翔。あれ、でもまだ5時半だよ。昨夜も11時までやってたのに、大丈夫？」

「大丈夫、それより地理、ヤバイんだよ！　昨日の実力テストでも、地理の部分は半分くらいしか書けなかった。そんな奴いないって。川や平野の漢字がそもそもまずい。今から白地図やる」

そう、二つ目に想定外だったのは、偏差値が10も足りていないのに、翔の麻布志望はこの半年まったく揺るがなかったことだ。そして学力は足りないものの、かなりの体力があるということだった。幼稚園の頃から続けていたサッカーのおかげだろうか。

「こんなの選抜クラスに行ったら、間違いなく全員正解。まずいよ〜」

問題を解きながら、翔が焦ったようにつぶやく。

「選抜クラスかあ。でもあの塾の選抜っていったら、全員御三家以上を狙う精鋭でしょ？瑠奈のとこの春馬君だってプロの家庭教師たくさんつけて、やっと踏みとどまってるって。翔、半年前は一番下だったことを考えると、真ん中にいる今でさえ奇跡的な健闘だと思うよ！」

「でも、麻布に行くなら選抜に入らなきゃ話にならないからさ。新6年生は選抜でスタートしたかったんだけどなあ」

「今月から、新6年生クラスだもんね。いよいよ、名実ともに本物の『受験生』だね」

彩は、カウンターの上のカレンダーを見た。2月1日。それは中学受験生にとって、特別な日。御三家を筆頭とする多くの東京の学校の入試日だ。

——来年の今日、果たして本当に麻布を受けることができるのかな……？

今はただ、ひたすらに翔と走るだけ。課題に取り組むため、彩は翔と向かい合ってダイニングに座り、教科書を開く。しかしこの時、彩は自分が知らぬ間に「次のステージ」に突入していることに、気づいていなかった。

# 6

# 絶対に負けられない理由

「ううーん、マズい！　こんなにやってるのにどうして!?」

深夜1時、彩はプリントが散乱したダイニングに突っ伏した。手には、息子の翔が持ち帰ってきた塾のテスト結果が握られている。

「算数、これじゃマズいよね……」

算数偏差値51。4科目偏差値55。悪くはない。トップ塾、つまり母集団が最高レベルのこの塾では、同じレベルであっても一般的な偏差値より6～10ほど低く出る。50でも十分、難関校が射程圏内だ。しかし、塾の表で麻布の偏差値が62であることを考えると、いずれにしても算数51では話にならない。麻布の算数配点は、理社100点に対して150点なのだ。

「算数で半分だと、他で7割とっても厳しいかも……ていうかこれじゃ3～4割かも……」

彩はいてもたってもいられず、リビングをぐるぐると徘徊した。このテストは、少し無理をしてまで勉強して挑んだのだ。ここ1か月の睡眠時間は6・5時間程度。小学生としては危険水域だと彩は思う。

この試験は一つの試金石だった。

限界だと思えるくらいやってみて、どのくらい手ごたえがあるかを試すために、無茶をした。しかしその結果が思わしくないとなると、ダメージは大きい。数時間前、叔母の祐希に電話をして、いよいよ家庭教師をしてくれないかと頼んでみたが、「私はもう講師稼業は廃業したの。二度と生徒はとらないわ」とすげなく却下された。そっけないが実は情に厚い彼女がそう言うからには、本当にやりたくないのだろう。何か事情があるのかもしれない。

「こうなったら、図々しくて気がすすまないけど……。翔のためだ、次の一手をあの2人に相談してみよう……」

3日後。

彩は、ホテルのラウンジで、とっておきの手土産を携え、瑠奈と薫子に頭を下げていた。

「お忙しいのに、2人ともありがとうございます。塾の保護者会が始まるまで40分くらいだけど、良かったらブランチも召し上がってください」

数日前、少しだけ話を聞かせてくれないかと瑠奈にLINEをした。そして図々しいのを百も承知だが、「もう一度、薫子さんにつなげてほしい」と頼んだのだ。瑠奈は案外乗り気で承諾してくれて、この会合が実現した。

「保護者会は遅刻できないので、単刀直入に。ご相談って、どんなことかしら?」

中学受験界最強スペック母・薫子は、「コーヒーを」とオーダーするや否や、彩を見た。

薫子の息子は、不動のトップクラス集団、通称「クラス・ゼロ」であり、新6年生の今もその地位は揺るがない。

「薫子さん、瑠奈、ありがとうございます。あの、今とても困っていて、2人の客観的なご意見を聞かせていただけますか。去年の夏から翔と勉強しているんですが、どうしても算数の成績が上がらないんです。これが、これまでの学習計画表と、1日、1週間の勉強状況です」

薫子は表情を変えずに、彩がテーブルに並べた紙を手に取る。おそらく手厳しいダメ出しがあるはずなので、彩は恥ずかしさから少し早口になってしまう。

「無謀なのは百も承知なのですが……翔は麻布を目指しています。算数をなんとかできるのは、もう今が最後のチャンスな気がして。家庭教師をつけるべきか、塾に準拠する個別指導塾に行くべきか……どう思いますか？」

審判を待つような気持ちで、少しうつむいた。

塾に聞けば、系列塾の講座紹介など、営業やノルマが絡んでしまう可能性がある。その前に、受験生の母として先輩の2人の意見を聞いてみたかった。

「え!?　ていうか彩、これって全部自分も勉強してるの？　4教科4年生から全部？　翔君よりさきに？」

瑠奈がアイスカフェラテを横によけて、彩の手書きの「勉強計画書・彩」に見入る。彩は、見当外れな行動を指摘されているような気持ちになり、ますます身を縮こまらせる。

「そうなの……。塾についていくだけだと、翔は未習の部分が多すぎて回らないから。少しでも効果的に勉強できるように、私が数日早く勉強して効率のいい方法を探ってるの。でも算数の成績が伸び悩んでて」

うつむく彩に、計画書を読んでいた薫子が視線を投げかける。

「今は、翔君にはこれが一番効果的なんじゃないかしら？」

「えっ!?」

思わず彩と瑠奈のリアクションが重なる。何せ、薫子が肯定的な言葉をかけるなどとは想像していなかったのだ。驚きのあまり口をぽかんと開いている2人を尻目に、薫子は、彩の作った計画書と翔の成績表をじっと見て言った。

「彩さん、これ、ひょっとするとひょっとするかもしれないわよ」

「え……薫子さん、それって翔君が麻布に受かるかも、ってこと？」

瑠奈が大きな声を上げる。彩は以前に一度、翔が麻布の将棋部に入りたがっていると瑠奈に話したことがあった。しかし成績が全く伴わなかったため、本気で志望しているとは思っていなかっただろう。彩も、瑠奈の息子・春馬が麻布志望なのを知っていた。だが、翔の成績が伴わない手前、気が引けてそれ以降は話題にしていなかったのだ。

「さあ……それは今後の頑張り次第だけど。でも偏差値には表れていないけれど、翔君の『傾向』は麻布にフィットしてる」

薫子の思いもよらない言葉に、息をするのも忘れて話の続きを待つ。

「第一に、受験勉強を始めて1年未満で、あのハイレベルな塾で偏差値43から10ポイント以上上げている。もっとも55から上は別世界だから、ここからは並大抵のことでは上がらないけれど。地頭は悪くないいんじゃないかしら」

他人にしてはやけに上から目線だが、今は全く気にならない。

「じ、実は私もそう思ってるんです。翔は、私と夫の子にしては飲み込みがいいんじゃないかって」

嬉しさを抑えきれない彩に、薫子はぴしゃりと言い放つ。

「飲み込みがいい程度で御三家は受からないわよ。でも翔君、国語の記述が得意なのね、この価値に気づいてる？　難しいと評判のうちのテストで、記述は常にほぼ満点。翔君て、男子には珍しく早熟で読書好きなんじゃない？」

確かに国語は常に安定していたから、他の教科ほど注視していなかった。そういえば翔は、小さい頃から本だけはよく読んでいた。

「これは大きな、大きな武器よ。麻布は、記述の難問で有名だもの。付け焼刃でなんとかなる種類のものじゃないから、ラッキーの一言ね」

「よ、よかった、翔にも武器が……！」

危うく、涙ぐみそうになる。

昼間のラウンジでそんな様子の3人は、傍から見たら何かの勧誘を受けてるように見えるのか、さっきから周囲のテーブルの視線が痛い。しかし、そんなことは構っていられない。彩は前のめりに詰め寄った。

「それじゃあ、翔はもしかして、合格の可能性があるんでしょうか⁉」

「まあ普通に考えて、プロがこの成績表を現時点で見たら、答えはＮＯでしょうね」

薫子の答えに、途端にしゅんとなって肩を落とす。

「でも、短期間でここまできたことや、理社は最後の頑張り次第で詰め込みがきくこと、ほとんど勉強しなくても国語が安定してることを考えると、芽がないわけじゃない。彩さんの言う通り、鍵は算数が握ってるわね。もちろん勉強量は最高レベルに引き上げる前提よ」

「その算数は、家庭教師？　あるいは個別塾に新たに通ったほうがいいんですよね？」

それまで黙っていた瑠奈が、急に身を乗り出してきた。瑠奈の息子は、プロ家庭教師に加えて、塾と同じ系列の個別指導にも通っているのだ。

「いいえ、そうは思わないな。だってこの計画表、とってもよくできてる。翔君の弱点にフィットした、すごい回数の反復スパイラルメニューだもの。いわば、翔君特製プラン。6

年生のカリキュラムと並行して4・5年生の未習部分をカバーするという特殊な状況で、これ以上のプランはないと思う」

これ以上はない。

その言葉を聞いて、この8か月の必死の手探りが一気に報われたような気がして、今度こそ涙がこぼれた。

「でも、急いで。遅くともあと2か月でこの計画表を終えたら、次は図形や速さの応用問題を特訓しないと手遅れになるわ。本人に解かせるのはもっと後だけど、彩さんは麻布の過去問を真剣に研究して」

彩は慌てて涙をふくと、急いで薫子に言われたことをメモした。薫子の指示は、保護者会のために店を出る間際まで続いた。クールな表情の下の意外な一面に、彩はひそかに感動さえしていた。

ぎりぎりの時刻に気づき、せめてものお礼にと伝票を手にして、先に保護者会に行くように2人を促す。

「今日は、本当にありがとうございました。私、あと2か月は翔と2人でとにかく頑張ってみます」

深々と頭を下げる彩に、瑠奈は「私はいい、なにもしてないし」とぶっきらぼうに言い、自分もレジに向かってさっさと歩いていく。

「え!?　瑠奈、とんでもない。この会は瑠奈のおかげだよ。貴重な時間をもらったんだもん、ブランチ代くらい出させて」

彩が慌てて先回りすると、瑠奈は硬い表情のまま視線を向けた。

「……負けないから。私、5年生から入ってきた彩には負けられないの、絶対」

「え？　待って、瑠奈……」

あっけにとられる彩の手に2千円を押し付けると、瑠奈はアイスブルーの優雅なスカートを翻して店を出ていく。夢中になるあまり、取り返しのつかないことをしてしまったような気がして、彩は立ちすくんだ。

# 7

## 朝6時、ママ友から恐ろしいLINE

その通知を見たとき、彩はたっぷり3秒、PC画面を凝視した。

「選抜クラス、基準は……323点以上……」

翔の7月クラス分けテストは、325点。

「せ、選抜だーーーー!!!」

彩は、ソファの上に飛び乗って叫んだ。

麻布受験を決めてからちょうど1年。来る日も来る日も、翔と2人で勉強をしてきた。しかし覚悟していたとはいえ、その道のりは険しかった。どんなに勉強しても、4科目偏差値が54を超えることはなく、61の麻布には程遠かった。

しかし、ついに。

画面に表れた数字は58・1。3つある選抜クラスの3番目に、食い込んだのだ。

「翔！　翔！　早く帰っておいで！　選抜だよ、ついに麻布への扉が開いたかも！」

彩は、誰もいないリビングを無駄にダッシュで往復する。はやく、翔に見せてやりたい。この数か月の地を這うような努力は、無駄ではなかったのだ。それが「地獄の1丁目」だとはまだ知らずに、彩は翔の帰りを待ちわびるのだった。


翔が選抜入りした新クラス体制が始まって、1週間後。

「深田さん！　翔君最近すごいらしいじゃない！　息子に聞いたわ〜」

小学校の保護者会で、馴染みの薄い母親に話しかけられ、彩は少し面食らう。

——えーと、どなただったけな……？

日頃、翔が親しくしている友人の母親でないことは確かだ。とっさに、胸にかけている入校証を見たが、名前に覚えもなかった。

「え、すごいって……？　何のお話でしたっけ？」

戸惑いながら聞き返すと、待ち構えていたかのように、周囲にいた母親数人が彩を囲んだ。

「そうそう！　5年の夏から入塾したのに、皆が必死のこの時期に、ほぼメンバー固定の選抜に入ったんですって？　天才君だわ、地頭が違うってかんじ！　それとも何か秘訣があるのかしら？」

「ねえ、おうちではどのくらい勉強してるの？　平日は何時まで？　ほかの塾はどこに通ってる？　家庭教師もつけてるよね？」

――あ、同じ塾のお友達か……。

彩はみんなの勢いにおされながら、どうにか笑顔を作る。塾に通って1年が経つが、成績が振るわなかった間、ただの一度もこんなふうに話しかけてくる人はいなかった。最近知ったが、この小学校は、場所柄か7割以上が中学受験をするらしい。当然、翔と同じ塾に通う生徒も大勢いるはずだ。皆必死で、一番下のクラスに遅れて入ってきた翔など、視界にも入っていなかったのだろう。この状況は、ようやく「受験仲間」として認められたということか。

「いいえ、翔は塾だけです。家では私も一緒にやるようにしてるんですが、選抜に入ったのも初めてだし、たまたまかも……」

するとどうだろう、友好的に見えた3人の表情が一変した。

「え？　塾だけ？　それでこのタイミングで選抜入りしたってこと？　たまたまなんて言われたら、2年生から一度も上のクラスに行ったことない息子の立つ瀬がないわ」

「じゃあどうやってあんなに成績上げたの？　うちなんて、クラス替えテストのために学校休んで勉強したのに、下がっちゃったのよ」

納得のいく答えが得られず、母親たちにかすかな苛立ちが見える。ここでようやく、彩は気が付いた。後から入ってきた翔が、御三家登竜門である選抜クラス入りを果たしたことを、皆は決して心よく思っていないのだ。その上で、子どものために必死で情報をとりにきている。

「……翔は、遅れを取り戻すために、とても努力しています。その結果が少しずつ出ているのかもしれません。でも、まだまだ志望校には届かないので」

彩が毅然と、できるだけ正直にそういうと、3人の顔に意地悪なトーンが浮かんだ。

「翔君、麻布志望なんですってね？　勇気があるわあ。うちも偏差値的には挑戦したらどうかって先生に言われるんだけど、子どものショックを考えるとねえ？　無謀な挑戦は、母親がうまくコントロールしてあげなきゃ。塾は実績が欲しいから、多少無茶でも挑戦をけしかけてくるものよ」

「まだ12歳なんだもの、見栄で第一志望を設定して、玉砕させたら可哀想。不合格はトラウマになりかねないし。はっきり言って、無謀な挑戦を止めない母親の責任よね。翔君、4年生分がまるっと抜けてるんでしょ？　気が付かない穴があるかも」

心配や親切を装った、絶妙に意地悪なアドバイス。

——だめだめ、学校での翔の立場がある。大人になってスルーしなきゃ。

そう自分に言い聞かせたものの、顔を上げた彩の口から出たのは、反対の言葉だった。普段は引け目に感じて大っぴらに出さない低めの地声が出る。

「……無謀っていうのは、努力をせずに挑戦することなんじゃないでしょうか。翔は必死です。彼は、高望みは百も承知していますから、私はサポートするだけです」


——しまった、つい本音が出たーっ！

彩の強い口調に固まった3人の母の様子に、我に返った。翔の挑戦をバカにされたような気がして、つい熱くなってしまった。でもクラスメイトの母親と、こんなことで険悪になるわけにはいかない。

「……なーんて、麻布は普通、無理だと思いますよね……でも受けるのは自由かなってことで……。では、失礼しますね」

3人を煙に巻いて、早々にその場を脱出する。

——みんな必死なんだな……。私の言い方が良くなかったのかも。とにかく翔が影響を受けないように、気を付けて見てなくちゃ。

彩はぶるぶると頭を振ると、急いで帰宅した。


「翔、今日は歴史の資料集を読み込んでみたんだ。過去問に出たことがある資料にマーキングしたから、傾向考えながら翔もやってみて」

「わかった。問題解きながらのほうが頭に入るから、こっちからやってみる」

朝の6時。学校に行くまでの2時間の勉強は、寝食と同じ生活の一部になっていた。

「彩〜、翔〜、今日も早いなあ、おはよう」

普段はもっと遅い夫の真一が、珍しくのっそりとリビングに入ってきた。体が大きいので、もはや冬眠明けの熊そのものだ。

「えー、パパどうしたの、出張かなんか?」

翔がちょっと嬉しそうに、隣に来た真一に自分が飲んでいたココアを差し出す。

「うん、そうなんだ、今回はアメリカだからちょっと遠くてなあ〜。翔の顔、見てから行こうと思って。選抜クラス、どうだ? ガリ勉君ばっかだろ?」

わしわしと頭を撫でられ、翔はくすぐったそうに首をすくめた。

「そうだねえ、やっぱりみんな問題処理のスピードが全然違うよ。同じ時間勉強してもあれじゃ追いつけない。だから僕はママと早起きするしかないね」

「そうだな、人間、大なり小なり能力に差があるもんだ。嘆いても始まらんから、努力あるのみだな」

彩は、真一のコーヒーを沸かしながら、2人の会話を聞いていた。

「僕はラッキーだよ。あとから来た挑戦者だもん、頑張るだけ。遅く入ったからって言えるほうはある意味言い訳がある。本当にしんどいのは、ずっと頑張ってきた子だよ。春馬君なんて、1年生から通ってて、このタイミングで選抜落ちちゃったんだ」

「う、ウソでしょ？　春馬君って、瑠奈の息子の春馬君？」

彩は驚いてコーヒーを注ぐ手を止め、翔のそばに駆け寄った。

「そうだよ。僕と入れ替わりみたいな感じで、選抜クラスから落ちちゃったんだ。しかも昨日は塾休んでた。そんなこと初めてだからさ」

その時、早朝には珍しくＬＩＮＥが入り、彩はダイニングの上のスマホに目をやる。

するとそこには、瑠奈からのメッセージが表示されていた。

――卑怯者。カンニングで選抜入りなんてありえない。あなたの息子のこと、塾に通告した。

「か、カンニング!?　塾に通告？」

思いもよらない展開に、彩はへなへなとダイングに座りこんだ。

# 8

## エリート校合格には、母の「究極の献身」が必要か？

彩は、動揺しながらも翔に気づかれないようにリビングをそっと出た。寝室に移動し、スマホから塾のアカウントにアクセスする。前回試験の解答用紙はスキャンされており、いつでもオンラインで見ることができるのだ。

――試験の解答用紙を見直しても、不自然にできていると思う問題はない。苦手なところは解けてないし……。

全てを一緒に勉強してきた彩だからこそ、確信があった。翔は、カンニングなんてしていない。翔のテストを見る限り、彼が解けるべくして解ける問題で得点し、歯が立たない問題はやはり落としているのだ。

彩はリビングに戻ると、さりげなく寝室に夫の真一を手招きし、ＬＩＮＥを見せる。事情を聞いて最初は驚いていた真一も、彩の見解を伝えると大きくうなずいた。

「俺は、よく友達の宿題でもテストでも写してたけどなあ。翔は目標があるんだ、このタイミングでするほどバカじゃないと思う。追い詰められてやってしまう子もいるかもしれないけど……。今、翔は知識を入れなきゃ始まらないし、上り調子なんだ。そういうメンタルじゃないな」

「そうだよね。私もそう思う。やっぱり瑠奈に状況を確認してみる必要があるよね……。その前に本人にも聞いたほうがいいね」

彩はリビングに戻り、ココアのお替りをダイニングに置きながら、勉強している翔に話しかけた。

「翔……。最近塾で何か変わったことはなかった？　……ママに話しておくこと、ない？」

するとと翔は、何事かというように顔を上げた。やがてバツの悪そうな表情が浮かび、続いた言葉は衝撃的なものだった。

「ああ……カンニングのこと？　黙ってようと思ったんだけど……」

息をのむ彩と真一に、翔は淡々と続けた。

「春馬君……この前の試験は大きな部屋で受けたから、通路を挟んで僕の斜め後ろにいてさ。3日前だったかな、まず僕が先生に呼び出されて、テストの内容をいくつか確認されたんだ。その時は何を言いたいのかよくわからなかったんだけど、入れ違いで呼び出された春馬君……僕の国語の解答写してたみたい」

「春馬君が!?　それで瑠奈、あんなメールを……。でも、それじゃあカンニングしたのは、翔じゃなくて春馬君、なの？」

彩が混乱しながらも確認すると、翔はばかばかしいというようにため息をついた。

「僕がカンニングなんかしたってしょうがないだろ。そんなことして麻布入れるならとっくにやってるよ。先生も、座席の位置関係でわかってるみたい。僕と春馬君が同じ解答だったけど、春馬君のママに連絡するって話してた」

「ははーん、それで瑠奈さんは、『うちの春馬がそんなことするわけない、写したのは翔君よ！』っていう逆切れだな」

真一は、次第に探偵気どりで顎に手を当てている。しかし彩は、そんな真一をぎろりとにらんだ。

「真ちゃんてば！　瑠奈だって混乱してるのよ。自分の子を信じるのは私も同じだもん。……ちょっと瑠奈に確認してみるから。翔、本当にカンニングしてないよね？　告白するならチャンスだよ。人間誰でも魔がさすときあるし。してないなら主張すべきはしないと」

翔は苦笑して、首を左右に振る。勉強に戻りながら、しかし独り言のようにつぶやいた。

「でも、今は春馬君の気持ち少しわかるかも。長年守った選抜がぎりぎりで、苦しかったんだよね。僕も今回初めて選抜に入って、もう落ちるの怖いって思うもん」


結局のところ、それから1か月たっても、彩と瑠奈が「直接対決」をすることはなかった。ことの発端は、塾から春馬のカンニングを指摘された瑠奈が、春馬を問い詰めたことだったらしい。そこで春馬が苦し紛れに、カンニングしたのはあっちだと言ったことで、すぐさま塾に抗議し、彩にＬＩＮＥをした。その後、先生と瑠奈・春馬で面談をして、瑠奈の誤解はとけたと塾から詫びの連絡がきて、一応は収束した。

しかし、瑠奈からの直接の連絡はないままだった。

――瑠奈には、薫子さんと一緒に相談したときに嫌な思いさせちゃったことを謝りたいけど……今は連絡しないほうがいいよね。

彩はそう考えて、連絡を控えていた。それに正直言ってこの1か月、精神的にも限界に近いくらい忙しかった。受験生にとっての天王山。「崖っぷち受験生」である6年生の夏休みは、想像を絶するハードさだったのだ。

翔が通う塾の講習は、夏休みの間ほぼ毎日、午後1時から7時まで授業がある。翔は当然のごとく、講習以外でも寝食を除いてすべての時間、勉強に打ち込んでいた。少し前に選抜に入ったことで「クラス・ゼロ」と呼ばれる、最上位選抜クラスから決して落ちない男子たちと交流する機会が増えていた。

中学受験界最高峰と言われる塾で、不動のトップ集団。5万人以上と言われる中学受験生の、ほんの一握りだ。

「はっきり言ってとても同じ学年とは思えない」と翔は言った。それほど圧倒的な学力差があるということだろう。もはや凄みさえ感じられる子どもたちを間近で見ながら、彩は夏休みが最後のチャンスだと感じていた。

9月以降は、塾の授業も過去問や演習が中心となる。「開成特訓」「桜蔭特訓」など学校名を冠した特訓授業が行われるので、苦手科目や弱点領域を克服するための時間がとれるのは、夏休みが最後になるだろう。

ただでさえ遅れて受験勉強を始めたのだ。受験生全員に火がつくこの時期に、手薄なところをつぶすのは相当の負担だった。彩は、この1か月で4キロも痩せていた。自分の結婚式でさえ痩せられなかった彩にとって、体重がこれほど落ちるのは初めての経験だった。それを嬉しいと思う余裕も、もうなかった。

「……あれ？　どうしたんだろう……6月より下がってる……？」

8月。日頃通っている塾以外の、オープン模試の結果を開いた時、これまでにない違和感を抱いた。翔は最下位クラスからのスタートだったこともあり、これまでは、模試を受けるたびに少しずつトータル偏差値をあげてきた。しかも今回の模試は、翔も手応えがある様子だったのに。

成績に好調・不調があるのは当然だが、この試験の結果に関しては、なぜかザラリとした嫌な感触があった。

しかし彩は、それを気のせいだと思おうとした。

「……大丈夫、今回はケアレスミスが重なったのかも。毎日あんなに頑張ってるんだもん、成績が急に落ちるなんてこと、ないよね……」

解答を注意深く見直すと、いくつかの課題があることに気づく。明日は本屋に行って、弱点補強の参考書を探してみよう。そう思いながらPCを閉じようとして、ふと成績優秀者一覧に目をやった。いつかここに、翔の名前が入る日はくるのだろうか……。

何気なくスクロールして、ふと、そこにあるべき名前がないことに気が付く。薫子の息子・正田光輝の名前が見当たらないのだ。これまでどこの試験を受けても、彼の名前は必ず全国TOP50以内には載っていた。

「光輝君、受けなかったのかな……?」

この試験は翔の塾が主催する模試ではないのだが、受験者数が非常に多く、塾からも受験を強く勧められていた。少し不思議に思いつつも、彩は今度こそPCを閉じた。

翌日。中学受験の参考書が充実している、少し離れた場所の本屋に行くと、そこには薫子の姿があった。

「あ、薫子さん！　あの、先日は本当にありがとうございました」

彩が声をかけると、びくっと肩を震わせ、薫子が振り向く。整った目鼻立ちは変わらないが、顔色は驚くほど悪かった。なにより、トレードマークのツンとした表情と目力が、今日は揺らいでいた。

「……ああ、彩さん……」

ほっとしたようにつぶやく。そこで彩は、信じられないものを目にした。最強スペック母、鉄壁のクールビューティの目が、みるみる赤くなり、涙が零れ落ちたのだ。

「ちょ、ちょっと薫子さん!? どうしたの？」

彩は駆け寄って、子どものように歯を食いしばって涙を流す薫子を、周囲の視線からかばいながら本屋から連れ去った。

# 9
# 完全無欠の母、本番150日前の非常事態

「薫子さん、カフェラテとコーヒーどっちがいいですか？」

彩は、カフェの隅でぼんやりと外を見て座る薫子に、ドリンクを差し出した。もし座って話すのが嫌そうだったらすぐに出ようと思って、テイクアウト用のカップにしてもらった。だが薫子は、両手でカップを受け取るとソファにほんの少し身を沈めた。

「……ごめんなさい。大して知りもしない人に急に泣かれて、気味が悪いったらないわよ

ね」

自嘲気味にささやく薫子は、いつもの強気な様子はなく、まるで大熱を出したあとの子どものようにぐったりとして見える。

「そんな……。それを言うなら私の方こそ、よく知りもしない薫子さんに、深刻な受験相談をしてしまいました」

彩はブランケットを薫子の膝にかけ、自分もソファに身を沈めた。こんな風に誰かとカフェに来るなんて、勉強を始めて以来ほとんどなかったと、改めて思う。

——薫子さんも瑠奈も、もっと前からずっと頑張ってきたんだよね……。

あらためて2人に尊敬の念を覚えながら、コーヒーの温かさに身をゆだねる。すると、薫子がぼんやりとしたまま口を開いた。

「……成績は、頑張った分の成果だと思ってた。努力がそのまま反映されるんだって。だから、成績が悪いのは努力不足とイコールだと本気で思っていたの」

そして薫子は彩のほうを見ると、驚きの「懺悔」を始めたのだ。

「正直言って、自分の息子が開成以外に行くって想定したことがなくて。中学受験ブームとやらが来て、特にこのあたりは過熱しているようだけど……そんなことさえ他人事だと思ってた。私にとって中学受験はブームじゃなくて必然だったから」

薫子の言葉に、彩は真剣に耳をかたむける。

「私、自分の中学受験がすごく楽しかったの。勉強はゲームみたいだった。やればやるだけ伸びたし、知識が身につくのも楽しくてね。子どもにもその喜びを味わってほしかった」

——この人は、本当はとても律儀な人なんだな。

薫子の様子を見ていて、彩は確信した。この独白は、巻き込んでしまった彩に、せめて正直な気持ちを伝えてくれているのだ。そして彩にいつか本気でアドバイスをしてくれたように、実は情に厚い。

「最低でも開成、最高でも開成。そう思って走ってきた。正直言って私、トップを狙うわけでもないのに子どもに中学受験をさせるお母様のことが、ずっと理解できなかったの。トップに入れるって本気で信じてるからこそ、あれほど過酷な受験に耐えられる。そのくらいの思い込みがなくて、どうして可愛い息子にこんなに大変なことを強いることができるのかなって……。ねえ彩さん、私、本気でそう思ってたのよ。……イヤな女よね」

「そういうのって皆言わないだけで、いろいろ偏ったこと考えてるんじゃないかな。薫子さん、正直ですね」

彩が答えると、薫子は力なく微笑み、窓の外を見た。

「まさか、このタイミングでスランプが来るなんて。だってスランプって、なにか抜けがある人が陥るものでしょ？　光輝は、来年の2月1日に最高のパフォーマンスができるように、私と夫が細心の注意を払って育てたの。旅先は全て、歴史や自然の勉強になるところ。南国リゾートなんて一度も行けなかった。幼児期からスイミングとピアノに通って、公文で中学数学を4年生までに終わらせて……。この過酷な受験戦争に挑むからには、トップで完全制覇できるように。絶対に勝つように、って」

「薫子さん……」

彩は、薫子にかける有効な言葉が何も見つからなかった。

「戦略は完璧に立てて、あの子は必死でそれについてきた。誤算は、私が思い描くようには地頭がよくなかったということ。今まで開成以外の選択肢なんて、これっぽっちも考えたことはなかったけれど……。頑張ってきた光輝に、第一希望不合格という絶望を味わってほしくはないの。それがこの競争に参加させた私の責任だと思ってるから。……志望校を落とせば、ラクに合格することができる。合格できる一流校がたくさんある。……開成じゃなくてもね」

——志望校を落とせば、ラクに合格できる。

その言葉はまた、彩の中に膨れ上がっていたモヤモヤをはっきりと形にしてみせた。小学校のママ友に「無謀な挑戦は、親がコントロールしてあげるのが務め」と言われた時、耳をふさいだのは、この結論に辿りつくのが怖かったから。

「御三家にこだわりすぎて、もっと子どもにぴったりの学校を見逃しているんじゃないかしら、私たち」

薫子がぽつりと呟いた。そしてこの言葉を、彩はその後思い出すことになる。

9月の最終土曜日、彩はとある新進男子校の説明会に足を運んでいた。夏の終わりの予感は、当たってしまった。あれほどぐんぐん伸びていた翔の成績が、ぴたりと上昇を止めていた。それどころか、じりじりと成績が落ちはじめたのだ。そのもどかしさと恐怖にも似た感覚は、おそらく翔も抱いているはずだ。

彩はこれまで通り、翔と一緒に死に物狂いで勉強し、対策を考え続けた。しかし、実を言うとこの頃では、翔の解く問題の難易度が上がり、彩がついていくのは困難になっている。どんなに翔より時間をかけて予習しても、解説を読んでも、解けない算数の問題が出てきたのだ。そんな不甲斐ない母親に苛立っているのか、翔は少しずつ頑なになっていた。麻布にこだわらず、他の学校も視野に入れよう、第二志望も考えようと彩が集めた資料を広げても、「時間の無駄」とばかりに全く見ようともしない。

受験勉強を始めて1年4か月経つが、こんなことは初めてだった。いや、翔が生まれて以来、初めてのことかもしれない。彩と翔の間に、はっきりとした温度差、もっといえば不協和音が生じていた。

——ダメだダメだ！　私がこんなじゃ翔に影響する。とにかくセーフティネットを張るのは私の仕事だ。

いつのまにかにじんだ涙を指先で押え、説明会に必死で集中する。映像やパンフレットをじっくり見ていると、この学校の良さが伝わってきて、少し落ち着きを取り戻した。

——いい学校、いっぱいあるじゃない。麻布を目指したことは無駄じゃないけど、もっと視野を広くもたないと。12歳に完全な挫折はきつすぎる……。

そんな思いを新たにしながら、校門を出る。するとそこには、あのカンニング騒動以来一度も会っていない瑠奈の姿があった。

「彩……。なによこんなところで。滑り止めの研究？」

瑠奈はバツが悪そうにそっぽを向く。そして彩が何か言う前に、それを先制するように続けた。

「……この前は、ごめん」

彩は、ほっとして、でもどんな言葉を口にすればいいのかわからず、ただ「うん」と大きくうなずいた。

瑠奈は、強い視線でこちらを見て続ける。

「……春馬は、麻布を諦めない。選抜じゃなくても、去年うちの校舎から麻布に1人受かってる。麻布の問題は独特だから、合格分布は必ずしも塾のクラス分けとは一致しないもの。模試の判定を見ても、まだ可能性はあるんだから」

「瑠奈……。うん、うん、そうだよね」

冷静を装ってはいるが、必死な様子に、彩は心が動くのを感じた。春馬を麻布に入れて、夫や義両親を見返したいと言った瑠奈。でもきっと、もうそれだけじゃない。瑠奈も薫子も、そしてもちろん彩も、闇の中を手探りで必死に進んでいる。

母親の責任は、重大だ。

わが子のため、いくつかの選択肢の中に、決して間違えてはいけない分岐点がある。それはほとんど、母親が一身に背負う責任なのだ。

「瑠奈。頑張ろうね。……またね」

彩は、くるりと踵を返した。きっと今近づけば、共感しあい、愚痴を言いあい、慰めあうことができる。でも、それは今じゃない。今じゃいけないのだ。

彩は意を決して、スマホを取り出し、ＬＩＮＥを立ち上げた。メッセージを送る相手は、元・有名塾の講師である、叔母の岬祐希。

――祐希ちゃん、忙しいのに突然ごめんなさい。お願いがあります。何時でも構わないので、今週おうちに伺ってもいいですか？

# 10

## 課金ゲーム化した戦いで、暴走する母たち

「まさかあの彩が、ここまでやるとはね。5年の半ばから始めて、選抜に到達する子はなかなかいない。正直言って2人の頑張りには脱帽よ。今は10月。ひょっとしたら、可能性もあるかもしれないわね」

祐希は、自宅のダイニングで紅茶を出しながら、珍しく手放しで彩をほめた。

「すごいのは私じゃなくて翔なの。本当に頑張ってる……。でもここにきて成績が落ち始めて……もう時間がないの。みんなが演習の時期に入っているのに、翔にはまだ1回取り組んだだけの単元があって」

彩は、茶菓子に手も付けず、祐希に頭を下げる。

「祐希ちゃん。もう生徒は取らないっていうのは分かってるけど……お願い。お金はいくらでもいい。翔の勉強を見てやってください。あの子を何としても麻布に入れてやって。お願いします」

彩がそう言うのを予想していたのか、祐希は動じる様子もなく、飲んでいた紅茶をテーブルに置いた。

「彩。私を『いい先生』だなんて思ってるなら、幻想よ。なんせ私は、何人もの子どもの人生を台無しにした女なんだから……」

「台無しって、そんな……。祐希ちゃん、現役の時、先生としてものすごく評価されてた

じゃない」

真意がわからず訝る彩に、祐希は苦々しい表情で首を振った。

「そうね、私はたくさんの生徒を御三家にねじ込んだ。中には、そこまで受験勉強に向いていない子もいたわ。でもそんな子だって、プロが本気で戦略を立てて、それを無理矢理、しかも長い時間実践させれば、難関校に入れることは不可能じゃないのよ」

「それが親の求めることじゃない？　何がいけないの？」

彩は次第にもどかしくなり、強い口調で祐希に尋ねる。すると祐希は悲しそうな目を向けた。

「……彩が受験したいって言ったとき、私、言ったよね？　受験は子どものためのものだ、って。私は講師時代、その子の元の力が１００だとして、それを私が立てた戦略で２００にしてやるのが目標だった。でも、それが本当に子どものためになるのかしら？」

「それは……。でも受験生ならみんな思うはずよ、どんなことをしても合格したいって」

祐希は頭を振った。テーブルの上に置かれた手は、きつく握りしめられている。

「今の中学受験産業のシステムは、お金をかければかけるほど、合格の可能性が上がる。本来は難関校合格が難しいレベルの子どもに、受験のプロが戦略を立てて、勉強の仕方を手取り足取り教える。そして1日に10時間以上勉強させる計画を立てる。最上位層ではさらに時給1万円以上のプロ家庭教師や個別指導塾が当たりまえ。そうやって人工的に作られたテクニックを身につけ、２００％に引き伸ばされた子が御三家に入って、その後は？　伸びしろなんてどこにもない。……御三家は本来、頭のいい子が知的好奇心の赴くままに勉強に打ち込み、１２０％の力で入るところよ。そこに大人のエゴで高負荷をかけられ、重課金をされて入った子が現れ、良い成績を出し始めた。……私は、その罪深さに何年も気づかずに、合格させたことで有頂天になっていたのよ」

彩の頭に、瑠奈や薫子の姿が浮かぶ。私たちも、いつのまにか迷走してはいないだろうか。

「翔があと4か月、中学受験にどんなふうに取り組むのか。親のエゴを押し付けるだけになるか、それとも子どもの力を存分に発揮させる助けになるか。それを決めるのは、他人じゃないわ。誰よりも翔を見てきた彩にしか、できないの。翔の苦手分野のために家庭教師を雇ったっていい。でも判断まで他人に委ねちゃだめ。翔のことを彩より見てる人なんて、世界中どこにもいないのよ」

「……だから祐希ちゃん、1年半前に言ったのね。『翔を見て』って。誰よりもよく見て、そして考えてって」

祐希はうなずくと、彩の手を強く握った。

「彩は見てきた。目をそらさないで、真摯に。だから必ず、翔にぴったりの匙加減を見つけることができる。それは彩にしかできないのよ」

「翔、ちょっといい?」

夜の10時。ダイニングで、電話帳のような厚さの入試問題集に取り組む翔に、彩は声をかけた。

「うーん、何?　この前の判定模試の結果のこと?　麻布20%だから志望校変えようっていう話ならやめてよね」

翔はこちらを見ることもなく、問題を解いている。

「言わないよ、もう言わない」

するとよほど意外だったのか、翔は顔を上げて、それから問題集を閉じた。

「2月1日は、翔の言う通り麻布でいこう。ママ、翔が傷ついたらどうしようって怖くて、少しだけ志望校落とせばラクに受かるかなって考えてた。でもそんなのママのエゴだし、翔にとっては余計なお世話だよね」

「まあ、この偏差値じゃ、ママが弱気になるのも無理ないよ。心配かけてごめん」

しんとしたリビングに、翔のささやきのような言葉が響いた。

「でも、最初から翔は分かってたんだよね。この受験が特攻だって。無謀な挑戦だって。たぶん、私のほうがわかってなかった。だって翔、すごいから。根性あるんだもん、こんなにやってるんだもん、こりゃ受かっちゃうかもって思っちゃうよ」

それを聞いた翔は苦笑する。

「そんな漫画みたいにはいかないよ。だって、必死なのは皆一緒だからさ」

「……うん。そうだよね。ママはこのリビングでずっと勉強してた。でも翔は、本気の仲間に囲まれて、その情熱を毎日肌で感じてる。翔のほうがずっとわかってたんだよね。……もう算数だって、いつの間にかママよりずっとずっとできるようになってる」

翔は、そこで初めて少し不安そうな表情を浮かべた。彩が何を言わんとしているのか、見当がつかないという様子だ。そんな翔の肩に手をかけて、彩は告げた。

「翔は、もう自分のことは自分で決められる。ずっと一緒に走ったから、ママにはそれがわかる。翔は、この戦いが本当に厳しいってこと、わかったうえでずっと頑張ってるんだよね。麻布に挑戦しよう。ママは翔が決めたことを、全力でサポートするよ。……もし落ちても、命とられるわけじゃない」

「……前回の模試、合格率20％だけどね。普通だったらやめるよね。でも、ごめんねママ。でも僕、挑戦するよ。だって生まれて初めてこんなに頑張ったんだ。自分がどこまで行けるのか、最後までやってみたい」

それは、受験勉強を始めた頃と同じ表情だった。もしかして翔はずっと変わっていなかったのかもしれない。彩の過剰な親心と空回りが、大事な息子の本来の姿を見失わせていたのだ。

「よぉーし、じゃあ今日はママに少し時間をちょうだい。第二志望以下のラインナップを考えてきたの。作戦会議よ」

「うへ〜、チャートが16パターンもある！　3日の午後に麻布落ちたバージョンだけで5本もあるのか〜。あれ、この学校、午後入試も始めたの？　知らなかったよ」

その夜、翔と彩はずいぶん遅くまで、作戦会議を続けていた。

——それは、ほとんど勝ち目のない御三家挑戦を覚悟した親子の、ささやかな壮行会だった。

## 11

# 本番1週間前、合格のために全てを懸けた親子を襲った悲劇

「最後の模試は、麻布合格率40%か……」

12月下旬。最後の模試の結果が出てから2時間、彩はこれまでの試験結果をテーブルに並べ、ひとりリビングで唸っていた。

——6年生の7回の模試で、80%を超えたことは一度もない。調子が良かった6年の前半で2度60%が出て、9月以降は20~50%。塾では、9月から各自の偏差値を基に志望校ごとに分けられ、特訓授業を受けている。翔は偏差値だけ見ればやや無謀な挑戦ではあるが、熱意を伝え、なんとか麻布特訓クラスに入ることができた。塾内の麻布志望者の順位も出るので、去年の合格人数に対して自分がどこに位置しているのかは一目瞭然である。

——校舎で考えると、昨年は麻布に10人が合格している。翔は12月の模試で17番。麻布の入試形式を踏襲した模試だから、かなり現実のランキングに近いとみて間違いないよね……。

合格圏内まで、あと7人。だが翔にとって、受験生全員が「狂気のゾーン」に突入している今の時期に巻き返すのは、あまりにも過酷なミッションだった。

そう、2月1日まで50日を切って、受験生たちとその親の行動は、もはや常識を超えていたのだ。

直前期ともなれば、御三家志望者の多くは1日12時間以上の勉強は当たり前だ。昨日彩が塾の前を通ったら、通塾する子どもの横で、親がテキストを持ち、何事かをささやき続けていた。歩いている時間さえも無駄にしないということだろうか。

周囲から聞こえてくるのは、彩にとって衝撃的な話ばかりだった。入浴中も脱衣所で親がテキストを読み上げる、1時間2万円の合格請負人と呼ばれるプロ家庭教師を毎日雇う、インフルエンザ予防のために下の子と父親をホテルに移す……。

そんな中で、彩と翔は「普段通りに」必死に勉強していた。ただ、そのままでは大きく巻き返すことなど不可能にも思えてくる。

そして、一つだけ迷っていることがあった。1月の学校登校についてである。

最近、驚くべき話を塾で聞いた。この近所にある受験率100%近い公立小学校では、なんと1月に登校する6年生はまばらだというのだ。彩の感覚からすると、学校を受験のために1か月近く休むというのはあり得ないことだった。また、1か月も友達とも会わずに勉強したとして、それが逆にプレッシャーになるのではという心配もあった。

――でも感染症が流行る時期だし、潜伏期間を考えて最後の1週間は休もう。翔が帰ってきたら相談してみなくちゃ。……だけどあの子学校大好きだし、皆勤賞かかってるもんね、きっと1日も休まないっていうだろうなあ……。


「ねえママ、僕、1月は学校は休もうと思うんだけど、だめかな？」

「ええ!?」

その夜、どのように切り出そうかと彩が考えていると、翔が自ら1月の休みを提案してきた。早めに帰宅した真一と彩は、先を越された形になり、顔を見合わせる。

「学校を休むのは良くないってわかってる。小学校の友達と一緒に通えるのもあと少しだし……それはすごくもったいない。でも今の僕にとって、1時間どころか1分だって貴重なんだ」

「それは、そうだけど……。でもほんとにいいのか？　皆勤賞取りたくてけっこう頑張ってたの、パパ知ってるぞ」

すると翔は首を振って、まっすぐに2人のほうを見ると、真剣な眼差しで続けた。

「だってパパ、僕は受験勉強始めて1年7か月しか経ってない。3週間だって本当に貴重なんだ。1月全部休むなんて非常識だし、良くないことだってわかってるけど……僕は勉強する。できることは何だってやる。僕が勝てるとしたら、最後の最後まで攻め続けた時だけだから」

そして1か月後。ついに本番1週間前に突入した。翔は宣言通り、1月に入って学校を欠席している。真一と彩は、その選択を尊重したのだ。受験勉強を始める前には想像もつかないような生活を送って、壮絶な追い込みを見せる息子を、2人はひたすらにサポートした。

もはや彩にできることは、リースしてきた業務用コピー機にはりつき、過去問や以前ミスがあった問題をコピーし続け、お手製の復習キットを作ること。そして体調管理だけだった。

「ママ、勉強しながら食べるからお昼はおにぎりにしてね」

「わかった。具沢山の豚汁も作るからそれは絶対食べて」

寝る時間以外のすべてを使って、勉強に打ち込む翔。通常、受験生の1月といえば、第一志望校受験の前に、いくつかの学校を受験するのがセオリーだ。

ところが翔の受験戦略は、通常の定石を覆したものだった。なんと、翔の初戦は2月1日、麻布。ぶっつけ本番だった。

「1月に合格したとして、通いたい学校がない。それよりもその1日と、前後のばたばたで勉強に集中できない数日が惜しい」との理由で、翔はいわゆる本番慣れのための受験を拒んだ。

そして彩も、最終的にはそれに賛同した。もっとも塾にそれを伝えたとき、講師たちはみな一様に渋い表情だった。子どもは想像するよりも入試の独特の雰囲気に呑まれる。一度体験しておけば、麻布できっとリラックスできる……。彩にもそのことは容易に想像できたし、自分だったら絶対に「お試し校」を受けていたと思う。

しかし、彩と翔は違う。彩は、母として、息子の現状と性質を考え、翔の作戦に一理あると考えていた。常識でいけば、そもそも麻布を受験すること自体が無謀なのだ。信じる理由があるならば、奇襲作戦上等だ。

その時、スマホが鳴り、翔が通う塾からの着信があった。そんなことはほとんどないことだったので、胸騒ぎがする。急いで通話ボタンを押した。それは、翔に目をかけてくれている講師だった。

「深田さん、緊急事態なので電話でご連絡します。一昨日、翔君が塾にいらしていたと思うのですが……。その時1時間近く一緒にいたお子さんが、今日インフルエンザを発症しました。かなりの高熱で……」

「え!?」

「翔君は予防接種を打っていますか？　万が一兆候があるようであれば、早い段階で病院に行き事情を話して、抗インフルエンザ薬をもらってください」

「え、ええ、打っています、11月に……」

彩はうろたえて、翔に尋ねる。

「翔、体調は？　だるいとか節々が痛いとか、ないよね!?」

すると翔は怪訝そうに、真っ青になった彩を見た。

「え？　大丈夫だよ？　なんで？　……そういえば、一昨日春馬君と塾で一緒になったとき、関節が痛いっておじいちゃんみたいなこと言ってたなぁ」

「は、春馬君？　じゃあインフルにかかったのは、瑠奈のとこの春馬君なの？」

彩はますます青ざめて、スマホを握り締めた。

どんなことがあっても、本番に万全の体調で子どもを送り出さねばならない。それが母に残された、最大にしてもっとも大切な使命なのだ。さもなければ、この数年間の、途方もない苦労が、すべて水の泡になってしまう。2月1日、決戦の日。どんなに学力を積み上げていても、一発勝負なのが中学受験なのだ。

彩はぎゅっと目をつぶり、春馬と瑠奈の無事を祈った。

# 12

## 2月3日、運命を分ける掲示板

朝5時のアラームが鳴る前に、彩の意識は覚醒した。

——ついにこの日が来た……。

昨夜はどうにも眠れず、明け方にようやくまどろんだ程度だったが、不思議と頭は冴え冴えとしていた。朝食を作ってから真一を起こそうと思い、そっとベッドを出ると、傍らから「おはよう」と声がする。振り返ると、ベッドの中の真一と目があった。

「2月1日。いざ出陣だな」

その声の様子や顔つきから、真一も一睡もしていないことを悟る。

「おはよう、真ちゃん」

来る日も来る日も勉強し続け、駆け抜けた1年8か月。ついに、クライマックスを迎えようとしていた。

「翔、おはよう！　体調はどう？」

朝食の支度をしていると、翔がリビングに入ってきた。顔色をよく見るため、彩は翔の顔を覗きこんだ。1週間前に、瑠奈の息子の春馬がインフルエンザを発症。前日に、翔と濃厚接触していたことがわかった。それ以来、最大級に注意を払い、免疫力アップに良いと聞くことは何でも試した。もちろんそれは気休めに過ぎなかったが、翔はどうにかこの1週間発症することはなく、本番を迎えることができたようだ

「大丈夫。体調は絶好調。……春馬君も1週間あったから、よくなってるといいな」

「本当に……。今日、受験会場で会えるかもしれないね。2人とも頑張れ」

彩はうなずきながら、根菜たっぷりの田舎汁と炊き立てのごはんや焼き魚を翔の前に並べる。

「さーて、いつも通り計算と漢字でウォームアップして……行きますか」

おどけて言う彩に、翔は立ち上がると、落ち着いた声で返した。

「いざ、出陣だ」


「うわっ、すごいな……!!」

麻布の校門近くまできて、真一が思わず声を上げ、足を止める。名だたる有名塾の腕章をつけた何十人もの塾講師が、受験生の行く手に花道を作っている。そしてそれを撮影しようと、大勢の報道陣が詰めかけていた。彩は、叔母の祐希の「御三家受験の独特の緊張感にのまれないように」という言葉を反芻した。

「頑張れよ……!　頑張れよ……!　お前ならできる……!」

そこここで受験生と講師は握手や抱擁を交わし、硬かった受験生の表情が笑顔になり、そして気合が入っていく。

「翔君!　翔君!　こっちだ!」

その時、講師の一人が大きく手を振ってこちらに駆け寄ってきた。

「先生……!　来てくれたんだ、ありがとう!」

翔が駆け出した。インフルエンザに注意するように電話をくれた、翔を親身に指導してくれた講師だった。

「朝、あのプリント見たか?　君の手薄なところがつまったやつ」

「もちろん!　ここにも持ってきたよ」

「あの中から1問はきっと出るぞ。最後の最後まで見ておけよ」

そして講師は翔を抱きしめ、それから真一と彩のほうを見ると、深くお辞儀をした。講師のその様子に、彩も胸が熱くなる。真一と彩も、さらに深く頭を下げた。

「先生、パパ、それからママ。僕、精一杯問題を解いてくる」

彩は、翔の肩に手を置いた。自分の手が少し震えていることに気が付く。

「翔。頑張れ。翔が学んだ全てを、解答用紙にぶつけておいで。答えのヒントは、必ず翔の頭の中のどこかにある。こんなにやったんだもん。答えは必ず、頭のどこかにあるからね」

翔は力強くうなずくと、前を見て、校舎に向かって歩き出した。


その後ろ姿を見ながら、この1年8か月のさまざまなことが、彩の脳裏を駆け巡った。塾から出てきた翔が、彩を見つけたときの笑顔。ダイニングテーブルに積み上がる大量のテキスト。テストの結果に悔しがる翔の涙。

でも一番心に残る情景は、ただ来る日も来る日も勉強していた翔の横顔だ。悲壮感はない。諦めもない。ただ真摯に、一途に、ページをめくる12歳の息子の姿。生涯忘れることはないだろう。

彩はいつまでも、いつまでも、その場に立ちつくし、祈り続けた。


2月3日、午後2時50分。

有栖川宮記念公園は、雪化粧だ。

灰色の曇天からひらひらと雪が舞い、彩は足元をすくわれないように一歩一歩進む。

まるで世界中の音が雪に吸い込まれてしまったかのようだ。

頭の中で、翔の受験番号を反芻する。

「翔……」

「ママ、ここで待ってる？　俺ひとりで見てこようか」

翔のその時の顔を、彩は一生忘れないだろう。

勝っても負けても。たとえあの掲示板に番号がなくても。

「ママも行く。翔と一緒に見るよ」

——君は勝った。自分に勝った。最後まで、走ったよね。

そして彩と翔は、仰ぎ見た。

東京都、私立男子校御三家。

麻布学園中学校の、合格者掲示板を。


——ない……。

彩は目を凝らして、必死に何度も掲示板を見る。何度見ても、翔の番号は飛んでいた。

「翔……。頑張った。本当によく頑張った」

何かを考えるよりも早く、そんな言葉が彩の口から出た。翔はうつむいて、足のつま先を見たまま、動かない。掲示板を見ようと押し寄せる親子の波に押され、よろめいた。次の瞬間、ぶつかってきた親子は、掲示板を見るなり目の前で抱き合って膝を折り、泣き崩れた。母親が握り締めた受験票の番号は、翔の一つ前だった。

合格だ。

「……帰ろう、ママ」

泣いているのかと思ったが、翔は抑揚の少ない声でそう言うと、踵を返した。

「……そうだね、帰ろう」

彩は、翔の後ろを3歩下がって、あとをついていった。

――さっきより空が暗いな。

雪が降りしきる曇天を見上げると、暗いのは彩の視界がぼやけているからだと思い知る。彩の頰を、熱い涙が伝った。あとからあとから落ちてきた。

――泣いてる場合!? 母親がしっかりしないでどうする！

彩は翔が振り返るまえに、素早くごしごしと顔をふいた。校門まで戻ってくると、校舎内に進もうとしている瑠奈と春馬が立っていた。どこかの受験を終えて、直接来たのだろう。試験の緊張感を身にまとったマスク姿の春馬は、翔に気づいて立ち止まり、しかし言葉はかけなかった。彩はそのことに心から感謝した。瑠奈もまた、彩の様子を見て察したのだろう。顔を歪め泣きそうな表情になると、大きくひとつうなずいた。

――頑張れ。ここからが、母親の正念場だよ。

かつて小学校受験で全敗したという瑠奈の眼差しは、深く、優しかった。彩は前を向くと、瑠奈と春馬の幸運を祈りながら、翔を追いかけた。

校門の外には、合格者インタビューを撮ろうと報道陣の姿もあったが、誰一人翔に声をかける者はいなかった。淡々と人込みをすり抜け、有栖川宮記念公園の横を歩いていく。

翔は振り返らない。一言も発しなかった。足取りはしっかりしているが、表情は見えない。

「翔、ママ、十番で大好きなたい焼き買ってこようか？　パパもそろそろ家に戻ってるはずだから……」

「翔!! 迎えにきたぞう！」

その時、前方から真一が白い息を吐きながら手を広げて走ってきた。雪の降りしきる真冬に、部屋着のままコートも着ずに、部屋から飛び出してきたのだろう。そういえば衝撃のあまり、真一にさえ連絡を入れていなかったと彩ははっとする。15時に合格発表だと伝えていたから、10分たっても連絡がないことで全てを察して、ここまで走って迎えに来てくれたに違いなかった。

「……パパ」

翔は、笑顔の真一に抱きしめられて、そのちょっとぽっちゃり気味の広い胸に顔をうずめると、ふり絞るようにつぶやいた。

「ごめん、パパ……」

「帰ろう、3人で家に帰ろう。よく頑張ったなあ。翔、よく頑張ったぞ」

その言葉を合図に、翔は泣いた。歯を食いしばって耐えていた涙は、父親の優しさに決壊した。

「麻布に入れなかった……！　僕、入れなかったよ……」

真一は前から、彩は背後から、翔の小さく震える肩を抱きしめた。涙は涸れることなく、3人はいつまでもいつまでも、雪の降りしきる公園の遊歩道で抱き合った。

# 13
# 合格した瞬間、電話して席を確保

「真ちゃん、翔のサッカー合宿だから、東京駅まで送ってくるね！　そのあと大事な約束があって、帰るのは3時くらいかな。翔、荷物全部持った？」

「持った！　パパ、行ってくるー」

「ああ、行っておいで、ケガに気をつけるんだぞ〜」

5月。新緑が眩しいゴールデンウィーク初日。彩と翔は、車で東京駅に出発した。マンションを出てしばらくすると、麻布中学校の校門が見えてくる。彩は、うっかりこの道を選んでしまった自分に腹が立った。

――どうしよう……翔は大丈夫かな……？

しかし、助手席をうかがった彩が見たのは、「意外な光景」だった。「うわ……今日のチーム分け、よく見たら1年の仲間見事にバラバラだ〜。コーチ全員見てるし、頑張んないとなあ」

翔は、サッカー合宿のしおりに夢中で、麻布のことなどまったく視界に入っていなかったのだ。

受験生時代、翔は学校の前を通るたびに必ず「待ってろ、麻布将棋部〜！」と言っていたことを思い出し、彩の胸はまだ痛むというのに。

結局、翔の中学受験は、2勝1敗。2校に合格し、第一志望の麻布だけ合格することはかなわなかった。

現在翔が通うのは、都心にある進学校。御三家に次ぐ難関男子校で、小5のなかばで勉強を始め、最下位のクラスからスタートしたことを思えば、偉業だと塾の先生は言ってくれた。

麻布に落ちた日、翔は一晩中部屋にこもって泣いていた。夕飯も口にせず、その夜、真一と彩も心配で一睡もできず夜が明けた。

しかし翌朝、翔は「僕はあれ以上努力できなかった。精一杯やった。それでも何かが足りなかったんだよね。麻布に挑戦したことに後悔はないよ」と言って、2つの合格校のうち、今通う学校を選んだのだ。

第二志望の学校でいきいきと新生活を楽しみはじめた。その様子を見て、翔の心の傷を心配していた彩と真一は、初めて体から力を抜くことができた。

「行ってらっしゃい。気をつけてね！」

翔を東京駅で見送ってから、彩はその後ろ姿を見て、ふと胸をよぎる寂しさに気がつく。

――私ったら、息子が自立していくのが寂しいなんてだめだな。これからは中学生なんだもん、少しずつ手を離していかないと。

頭をひとつふると、彩は東京駅の構内を、丸の内方面に向かってゆっくりと歩き出した。

「彩！　待ってたわよ～」

丸の内の名店での優雅なランチタイムに、いささか賑やかすぎるテンションで迎えてくれたのは、「あの日」以来、初めて会う瑠奈と、さらに久しぶりの薫子だった。

「改めまして、瑠奈、薫子さん、その節は本当にお世話になりました。そして合格おめでとうございます」

彩がまずはずっと伝えたかったことを口にする。

「うちは第一志望じゃないけどね！　でももうこれで大学受験しなくてすむから、これからは今まで無理させた分、好きなことに打ち込ませてあげようと思う」

瑠奈は、それが本心とわかる弾んだ調子で笑った。結局、瑠奈の息子の春馬も、麻布は不合格だった。しかし、超難関有名私大の附属校に合格したのだ。結果的に、瑠奈や春馬にとって、とてもいい形になった。

瑠奈は、当初の義実家をぎゃふんと言わせるという目的も達成したしね、と片目をつぶる。超ブランド校の合格は、一気に嫁の評価を押し上げたようだ。

「そういえば、薫子さん！　親子合格インタビュー読みました」

「先月の受験情報誌に、ご主人も光輝君と出ていらっしゃいましたよね、『三代で開成に学べるのは、息子と妻の努力の証』って」

瑠奈と彩が2人で盛り上がっている一方で、薫子はいつものポーカーフェイスを少しだけ崩して、恥ずかしそうに首を振った。

「いや、もう私は今回のことで身にしみたの。人生何があるかわからないから偉そうなこと言うもんじゃないって。それなのに主人が、塾を通して取材のお話がきたら浮かれてペラペラと……」

そう、薫子の息子の光輝は不調にあえぎ、いったんは志望校を安全校に変更した。しかし母は最後の望みをかけ、2月1日の受験校として開成を含む2校に出願し、ぎりぎりまで挽回の努力を重ねたのだ。直前期にはすべての模試が終了し、実力を測るすべはない。その局面で、薫子は決断したという。血のにじむような思いで積み上げた長年の努力、つまり開成対策が、息子の中に結晶していると。

偏差値以上に、これまでの勉強量を信じた母の最後の賭けだった。そして、光輝は勝った。開成の合格発表で、光輝はいつまでも、いつまでも合格者掲示板の前に立っていたという。

「光輝君はどう？　開成って、どんな子が通ってるの？」

瑠奈が美しく盛られた前菜を口にしながら、興味津々といった調子で聞いた。

「世間のイメージよりもずっと活発で自由な学校なの。光輝は剣道部に入って、ひいひい言ってるわ」

薫子はにっこりと笑うと、彩に尋ねる。

「翔君はどう？　元気に通ってる？」

「はい、おかげ様で……。正直言って、あんなに麻布しか眼中にない様子だったから、落ちたらどうなっちゃうんだろうってすごく怖かった」

彩の言葉に、２人はしんみりとうなずいた。

「でも、完全燃焼ってすごいですね。ほんとに燃え尽きたら、新しい何かが始まるって、翔に教えられました」

すると、瑠奈もそれに同意した。

「そうだね。子どもに失敗させたくない、傷つけたくないって、結果をとても恐れていたけど。頑張ったことそのものは、ずっと子どもの中に残るんだよね」

人生は、何度だって立ち上がれる。結果だけに囚われて、大切なものを見失わないように。それを忘れなければ、親のサポートの形は千差万別でいいのだ。

「それで、光輝君はやっぱり『あの塾』には入ったんですか？」

訪れた優しい沈黙を破って、瑠奈が薫子に尋ねた。

「もちろん。開成に合格したその瞬間、親に電話するより先に『あの塾』にかけて席を確保したわ」

「あの塾……？」

彩が話についていけずに首をかしげると、瑠奈は素早くスマホで検索し、画面を見せる。

「彩ったら、相変わらずのんびり屋ね。聞いたことくらいあるでしょ？　今や東大理Ⅲの大半を、この塾の出身者が占めるの。開成や麻布みたいな、この塾が指定する最高ランクの学校に合格した子は、中1の最初のみ無試験で入塾できるのよ」

興奮気味に話す瑠奈のテンションに面食らっていると、薫子がまあまあ、といった調子で割って入った。

「中1で大学受験のための塾っていうのもどうかと思うわよね……。でもこの塾に途中から入るのは至難の業だから、指定校に合格したらその場で塾に電話するのが定石なのよ。うちの学校でも中1から結構な人数が入ってるわ」

「そ、そうなんですか……全然知らなかった」

「麻布の合格発表の日は、校門の前でこの塾が書類を配ってるけど……そんなのあの時は目に入らないわよね」

ため息をつく瑠奈には、大学受験はもう関係ないという余裕が漂っている。スマホを必死にのぞきこむ彩の肩に、薫子が手を置いた。

「リンク送っておくから、あとで見てみて。翔君の学校も数すくないあの塾の指定校だったのよ、きっと大勢が通っているわ。入塾テストを受けるなら少しでも早いほうがいいわよ」

彩は、2人と別れてから、駐車場に直行するでもなく、東京駅の前をゆっくりと歩いていた。

――もう新しい戦いが始まってるんだ……。

スマホを取り出し、薫子が送ってくれたリンクを開く。そこに並ぶ驚異的な合格実績には、抗いがたい存在感があった。

翔はどう思うだろうか。果たせなかった第一志望合格を、大学受験でかなえたいと願うのか。それとも、ばかばかしい、今は自由を満喫すると一蹴するだろうか。彩には皆目見当がつかなかった。以前だったら、翔がどう言うか、大概のことは予想できたというのに。

――それでいいんだ。翔は私じゃない。翔の考えは、翔のもの。中学受験で成長して、もう自分の足で人生を歩み始めたんだよね。

不意に広場のような場所に出て、はっとした彩は足を止めた。東京駅からあてもなく歩き、いつの間にか東京国際フォーラムまで来てしまったようだ。あたりを見回すと、案内板が目に入る。入口には「私立中学校合同説明会」と書かれていて、数百の学校名が並ぶパンフレットをイベント主催スタッフが配布している。そして周辺には、何百組もの親子が長い列を作っていた。

「すごーい、御三家勢ぞろいじゃない！」

興奮した母親の声がすれ違いざまに聞こえる。彩は、前を見て、ゆっくり歩き出す。


御三家。


中学受験界に燦然と輝く、伝統エリート校。

ここに入れるのは、ほんの一握りの子どもたち。

中学受験というデス・ゲームの「勝者」とは、彼らだけを指すのだろうか？

彩は祈る。切実に、心から。

全ての親子が、この戦いの果てに「何か」を掴めるように。

たとえ合格がかなわなくても、その手で勝ち取ったものを見失わないように。


この戦いに身を投じる全ての親子のために、彩は祈り続けた。

天現寺ウォーズ　東京カレンダーWEBにて、2018年1月～4月まで連載
御三家ウォーズ　東京カレンダーWEBにて、2019年10月～2020年1月まで連載

# 受験。それは親が、自分の弱さや未熟さと向き合う試練

解説　教育ジャーナリスト　おおたとしまさ

母親向けの受験テクニックが書かれているわけではない。ましてや、凄惨な教育虐待を描いたサスペンス的要素、塾講師との泥沼不倫を描いたラブロマンス的要素もない。2つの作品は、子供の受験を舞台にした、純粋な、母親の成長物語である。お受験（「お」をつけた場合には俗に幼小受験を指す）または中学受験では、親自身が自分の弱さや未熟さを突きつけられ、成長を余儀なくされる。

たとえば「天現寺ウォーズ」の主人公のあかりは地方出身。息子のお受験をきっかけに、まだまだ自分の知らない世界が東京にはあることを思い知らされる。まったくコンプレックスを感じる必要もないし、実際東京出身の私だって作品に描かれているような世界にはほとんど足を踏み入れたことがないが、たしかにそういう世界もあるらしい。そのような世界を「特権階級」と揶揄する風潮もあるが、あかりは気づく。「普通の人間には到底考えられない文脈で、その挑戦を運命づけられている人々が存在する」と。特権階級も、それはそれでつらいよ、というわけである。

「御三家ウォーズ」の主人公の彩は、息子に勉強を教えるため自分も同じテキストで勉強を始める。そして中学受験勉強の奥深さに気づく。世間一般的に思われているような、無

味無臭の詰め込み教育では決してないのだ。だから子供たちは頑張れる。実際、中学受験塾の授業を見学すると、教室からはときどきゲラゲラと笑い声が聞こえてくる。

しかし2人の主人公の最大の成長は、「もう結果なんてどうでもいい」という境地にたどり着けたことだ。

あかりは、試験会場から出てきた息子が笑顔で「すっごく楽しかった！」と言ってくれた瞬間に、「それで十分だ」と思えた。彩は、合格発表の結果を見る直前に、「君は勝った」と、息子の勝利を確信できた。合否のことをいっているのではない。怠けたい気持ちに打ち勝ち、誘惑に打ち勝ち、自らの努力によって昨日までの自分を毎日更新する。大人だって緊張で怖じ気づく一発勝負の入試本番にも、堂々と立ち向かう。その時点で、息子はすでに多くのものに打ち勝っていたことに気づくのだ。合否の結果は二の次だ。

あれだけの時間とお金と労力を割いてきて、「合否の結果は二の次だ」なんて思えるわけがないと思うひとがあるかもしれない。でも、あかりの叔母の祐希が言うように、本気でわが子を「見て」、本気でわが子のためとなるサポートをしてきた親には、それがまったく偽りのない気持ちであることがわかるはずだ。受験という機会がもたらす、親としてのある種の悟りである。

悟り。つまり普遍の真理に気づき、それを受け入れること。普遍の真理とは、「結局親は無力である」ということ。「自分がいなくても、この子は自分で自分の人生を切り拓いていける」。そういう意味での、爽やかな無力感である。

ただし、すべての親が、その無力感に思い至るわけではない。悟りに達する親とそうでない親と、何が違うのか。

意識的であるか無意識的であるかにかかわらず、「私が合格させるんだ」と親が自分自身の有力感を追い求めると、悟りが得られないどころか、最悪の場合、子供を深く傷つけてしまうことがある。俗にいう教育虐待である。

仮に教育虐待にまでは至らずに、見事第一志望合格を勝ち取ったとしても、そのような受験では、親自身の有力感が温存される一方で、子供の有力感は思いのほか育っていないことがある。「ママに言われる通りに勉強していい結果が出せただけ」「ママは、ありのままの僕ではなくて、○○中学に通っている僕を誇っているだけ」という無意識が子供の人生を長く支配する。

私に言わせれば、それこそ受験の失敗である。大量の失敗を支援してしまったことに気づいて、祐希は塾講師の職を辞めたのだ。祐希の告白のくだりは、昨今の中学受験狂騒曲への痛烈な批判でもある。

お受験や中学受験のリアルを知りたいと思って本書を手に取った読者のみなさんには、ご自身のお子さんのお受験あるいは中学受験が終わったときに、もう一度本書を読み直すことをおすすめしたい。

きっと違った味わいが得られるだけでなく、主人公のみならずすべての登場人物の悲喜交々が我がことのように感じられるだろう。

そう。この物語のすべての登場人物が、あなたなのだ。

おおたとしまさ

教育ジャーナリスト。1973年、東京生まれ。麻布中学・高校卒業。東京外国語大学英米語学科中退、上智大学英語学科卒業。リクルートから独立後、数々の育児・教育誌の編集に携わる。現在、全国紙から女性誌まで幅広い媒体で連載をもち、テレビやラジオにもレギュラー出演中。著書は『中学受験「必笑法」』(中公新書ラクレ)、『受験と進学の新常識』(新潮新書)、『ルポ塾歴社会』(幻冬舎新書)、『ルポ教育虐待』(ディスカヴァー携書)など60冊以上。

# 光と闇の向こうの、結晶を求めて

本書をお手にとっていただき、心より御礼申し上げます。

この物語を書くきっかけは、友人の「大変って噂の小学校・中学校両方受験して、さらに大学受験までしたの？　面倒な受験揃い踏みで、頑張ったね」という私への労りの言葉でした。ふうむ確かに、私、コスパ悪い。しかも1回も第一希望に合格していないという……。

でも、幸いなことに、進学した学校はどこも私に合っていて、それは楽しい時間を過ごしました。人生で大切なことの半分くらいは、小学校から大学時代に教わったんじゃないかと思うくらいです。

いいえ、正直に言えば、小学校、中学校、大学の3回の受験のどれが欠けていても、私は今の私にならなかったと断言できるほどに、受験勉強と、その先にあった学校生活は私にとってかけがえのないものでした。もちろん手放しで楽しかったなどと美化するつもりはありません。とくに大学受験なんて、最後は青春の楽しみをまるっと捨てていました。がり勉でした。

そうして時は流れ、東京で子育てをしているわけですが、しばしば人から尋ねられます。

「小さい頃から受験をするメリットって何？　あんな小さな頃から、可哀想な気がする。それでもたくさんの人が参戦する小学校・中学校受験て、ほんとのところどんなものなの？」

どんなものだったんだろう。なにせいつもなにがしかのアクシデントか実力不足で、大手を振って「私、受験に成功しました！」と言えるようなものじゃない。それになんというか、アレは東京の一部で行われている、全国的には一般的ではない話だということにも気づいているので、どうも共有しづらい。

でもたしかに、そこにはきらりと光る、なにか大切なものがあったのです。

かけがえのない、なにか。頑張った時だけに見える、一瞬の。

「教育虐待」という言葉もある昨今、過熱した小学校受験、中学校受験を安易に勧めるのは危険なことです。しかし「子どもに勉強させるなんて、競争にさらすなんて可哀想」と、はじめから選択肢を捨ててしまうのももったいないないと、私はずいぶん早くから確信していました。

どんなものごとにも、光があり、闇があります。

その一端を、少しでも興味がある誰かに届けたい。光と闇の向こうにあるかもしれない結晶の存在を。そしてまさに今、頑張っている人たちが戦いの合間に読んでくださったなら、これ以上嬉しいことはありません。

最後になりましたが、ご多忙を極める中、素晴らしい解説を書いてくださった教育ジャーナリストのおおたとしまさ様、小説執筆の機会を与えてくださった東京カレンダーWEB編集部の皆様、サポートしてくれた家族、そしてイカロス出版の川本編集長に心より感謝を捧げます。

２０２１年７月　佐野倫子

## イカロス出版刊行物

### マンマが教えるシチリアのおうちごはん

小湊 照子 著 アガタ・ディ・フェーデ 監修　B5変型判　112ページ　定価1650円(税込)

タオルミーナでレストランを経営したり、料理関連のメディアへの出演経験もあり、現在は現地でシチリア料理を教えているアガタマンマが、日本の食材で作れるシチリアの家庭料理をたっぷり教えてくれました！

### ギリシャのごはん

うちで楽しむ、とっておきレシピ65

アナグノストゥ直子 著　B5変型判　112ページ　定価1650円(税込)

アテネ在住で、「ギリシャのごはん」というサイトでギリシャ料理レシピを長年紹介してきた著者が、日本でも身近な食材に、ハーブやチーズを加えて作れるおすすめのレシピをご紹介します。ギリシャの家庭料理や小皿料理のメゼなど、盛りだくさん！

### 東京で台湾さんぽ

矢巻美穂 著　A5判　144ページ　定価1540円(税込)

日本から近いのに、今はなかなか現地に足を運べない台湾。「台湾をもっと身近に感じたい！」「休みの日に気軽に出かけられたら」——そんな気持ちに応えるべく、東京とその近郊で楽しめる「台湾」をギュッと1冊に詰め込みました！

**お求めは全国の書店、オンライン書店で。弊社ホームページからも購入できます**

**https://www.ikaros.jp/**

2021年8月

著者紹介
佐野倫子
Michiko Sano

1979年東京都生まれ。埼玉大学教育学部附属小学校、共立女子中学高等学校、早稲田大学教育学部英語英文学科卒業。英国立ロンドン大学ロイヤルホロウェイに1年間の留学経験あり。出版・航空業界で勤務後、フリーランスへ。東京カレンダーWEB、月刊［エアステージ］にて多数の記事・連載を執筆。代表作は「男と女の怪談～25歳以下閲覧禁止～」「羽田空港STORY」「ふぞろいな駐妻たち」「マザー・ウォーズ」「ごきげんよう時代を過ぎても」ほか。
Instagram@michikosano57

読者アンケートに
ご協力をお願いします

このたびは本書をご購読いただきありがとうございました。アンケートにご回答いただいた方の中から、抽選で10名様に1000円分の図書カードをさしあげます。抽選は毎年12月末日。当選者の方には編集部よりご連絡をさしあげます。

airstage@ikaros.co.jp

件名：ウォーズ

アンケート

(1) お名前（ふりがな）／年齢／
Eメールアドレス

(2) この本をなにで知りましたか？
A 書店　B インターネット
C 友人や先生からのすすめ
D 月刊［エアステージ］の広告
E その他（　　　　　　）

(3) 本書を購入した決め手はなんでしたか？
A 作者のファン
B 表紙にひかれた
C 内容に興味をひかれた
（具体的に　　　　　　）

(4) ご意見・ご感想

天現寺ウォーズ
同録　御三家ウォーズ

2021年8月30日発行

著者　佐野倫子
発行人　山手章弘
発行所　イカロス出版株式会社
〒162-8616
東京都新宿区市谷本村町2-3
［電話］編集 03-3267-2734
販売 03-3267-2766
［URL］https://www.ikaros.jp/
印刷所　大日本印刷株式会社

定価はカバーに表示しています。


STAFF
装丁　塚田佳奈（ME&MIRACO）
本文デザイン　丸山結里
編集　川本多岐子（［エアステージ］編集部）
校正　坪井美穂